PESCIROSSI
NARRATIVA

PESCIROSSI

CHIARA DEL VAGLIO

INTER-NAPOLI DELITTO A MILANO

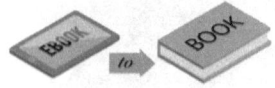

Seguici su facebook, twitter, ebook extra

© 2014 goWare, Firenze
in accordo con Thèsis Contents Agenzia Letteraria, Firenze-Milano

ISBN 978-88-6797-295-1

Copertina: Lorenzo Puliti
Redazione: Marco Rosati
Impaginazione: Stella Ammaturo

goWare è una startup fiorentina specializzata in digital publishing
Fateci avere i vostri commenti a: info@goware-apps.it
Blogger e giornalisti possono richiedere una copia saggio
a Maria Ranieri: mari@goware-apps.com

CAPITOLO 1

La prima volta che Federica e Simona s'incontrarono fu in una libreria del centro. Entrambe vi entrarono per cercare lo stesso libro, ed entrambe ne uscirono dopo aver trovato una coinquilina. Già, perché gli appartamenti a Milano costano e Federica non poteva permettersi il lusso di vivere da sola, ora che la sorella Francesca si stava per trasferire a Londra, mentre Simona cercava disperatamente una nuova dimora, non potendo sopportare oltre di vivere come una separata in casa col suo ex.

Quando il destino fa incontrare una persona che cerca una stanza in affitto e un'altra che ha una stanza da affittare, sembra che ognuna delle due abbia trovato quel che stava cercando, ma non sempre le due figure sono complementari tra loro: Federica era una persona dal carattere molto difficile, selettiva, pignola, perfezionista e quindi non avrebbe mai scelto la prima che le capitava. Dopo anni di litigi con sua sorella, non voleva più saperne di alzarsi la mattina e far colazione su una tavola ancora invasa dagli avanzi della cena, di cercare disperatamente una tazza e un cucchiaino puliti, mentre il cumulo di piatti sporchi nel lavello assomigliava sempre più a un palazzo in costruzione a cui ogni giorno si aggiungeva un piano... Ma quando il palazzo arrivò al settimo piano, per lei fu davvero troppo e così, nel momento in cui la sorella le annunciò che aveva deciso di trasferirsi a Londra, per Federica fu una liberazione, un sollievo. Ma quella piacevole sensazione durò poco, perché presto lasciò il posto a un altro stato d'animo: l'ansia. Sapeva bene che non poteva permettersi di pagare l'affitto da sola e quindi aveva bisogno di qualcun altro con cui dividerlo, solo che stavolta non avrebbe più fatto l'errore di assecondare esigenze e logiche di tipo familiare, ma avrebbe cercato un'estranea con il suo stesso desiderio di condividere una casa pulita e ordinata, con la sua stessa esigenza di avere un rifugio tranquillo, che non fosse violato dagli amici, o presunti tali, che scambiavano la sua casa per un ostello della gioventù o per un coffee shop. "Almeno, se la cosa non dovesse funzionare, un'estranea puoi sbatterla fuori di casa e non vederla più, mentre una sorella purtroppo no...", pensava Federica, quando quel giorno di 3 anni fa, una settimana dopo aver compiuto 33 anni, conobbe Simona, di 2 anni più piccola di lei.

Federica Motta era una giovane e rampante giornalista sportiva, con un contratto da precaria presso una nota testata. Alta, fisico atletico, lunghi capelli castani e occhi a mandorla color nocciola, era da sempre appassionata di calcio e tifosa dell'Inter. Ragazza brillante, determinata e decisa a superare ogni ostacolo, in un ambiente spesso a lei ostile in cui il pregiudizio maschile sembra avere più peso del lavoro e della dedizione, perché "Si sa, le donne quando mai capiscono qualcosa di calcio?". Quante volte aveva sentito questa frase, e quante volte l'aveva letta negli sguardi irridenti dei suoi anziani colleghi maschi, ma una donna che vuole far carriera in maniera lecita non si spaventa davanti a nessun ostacolo ed è pronta a qualunque sacrificio. Questo l'aveva capito bene il direttore, che era l'unico a stimarla e a fidarsi di lei, anche perché se le affidava un commento da scrivere su una tal partita sapeva che quella ragazza la partita la guardava davvero, mentre troppo spesso accadeva che alcuni suoi colleghi scrivessero gli articoli guardando al massimo 20 minuti e chiedendo poi un riassunto ai colleghi di una pay-tv.

Proprio perché sapeva questo, il direttore prese le sue difese il giorno in cui, dopo una partita di Champions, ricevette una telefonata da un potente procuratore, letteralmente furioso dopo aver letto un 3 in pagella a sottolineare la prestazione di un famoso calciatore da lui rappresentato. "Ma perché fai scrivere le pagelle a quella ragazza? Non lo sai che le donne non capiscono niente di calcio? E io non posso rischiare che per colpa di quella lì si influenzi il valore di mercato del mio calciatore!". E così il direttore fu costretto a convocarla nel suo ufficio, non per rimproverarla, no di certo, perché aveva fatto il suo dovere, e d'altronde lo sapevano tutti che quel calciatore era fuori forma, ma per farle capire che poteva in certi casi "ammorbidire" un po' il giudizio... ecco, sì... forse un po' meno rigidità e un po' più di diplomazia avrebbero giovato alla sua carriera, perché in fondo un 5 in pagella poteva già bastare... non c'era bisogno di infierire ulteriormente... dopotutto quel giocatore veniva da un infortunio, e poi sai... ci son di mezzo gli sponsor... e quindi, beh... un 5 in pagella può bastare a rendere l'idea...

Simona Viviani, ricciolina e bionda dai lineamenti nordici e gli occhi azzurrissimi, statura media e fisico prosperoso, era una pianista jazz e anche lei si era spesso imbattuta nella diffidenza e nel pregiudizio maschilista di chi considera le musiciste professionalmente non all'altezza dei colleghi uomini. La sua reazione però era decisamente diversa, la sua personalità solare, tipica della donna del Cancro, e il suo carattere ironico, sereno e docilmente accomodante, la portavano a sdrammatizzare e a prendere con filosofia ogni frase o gesto ostile nei suoi confronti in un ambiente in cui spesso si sgomita e ci si fanno le scarpe a vicenda. Ma lei no, non era così, a volte assisteva dall'esterno a queste farse piene di ipocrisia, in cui vittima e carnefice si scambiavano a turno i ruoli, ma erano meccanismi che non le appartenevano. Nel suo mondo c'era spazio solo per la musica nella sua essenza, nel suo lato puro e incontaminato, tutto il resto non le interessava. Pianista jazz, ma, poiché in Italia di jazz non si mangia, si adattava anche a suonare le tastiere in altri ambiti musicali. E fu proprio in una di queste situazioni che aveva conosciuto Robi, il suo ex, un chitarrista rock-metallaro che le fece perdere la testa e, in breve tempo, decise di trasferirsi dalla Toscana a Milano, per andare a vivere con lui. Si dice sempre che l'amore è cieco, ma nel suo caso fu sordo. Ancora oggi non si capisce come possano essere stati così tanti anni insieme. Cos'hanno in comune una jazzista e un metallaro? Quando, nei momenti d'intimità di una coppia, una vorrebbe un sottofondo musicale di Diana Krall e l'altro di Marilyn Manson, l'unico compromesso possibile è il silenzio.

E così, "per caso" Federica aveva chiesto un'informazione a Simona in quella libreria, mentre per Simona, che era buddista, "nulla accade per caso" e quell'incontro era capitato al momento giusto, dopo che aveva a lungo praticato (ossia pregato), col desiderio di risolvere il suo problema della casa, e la risposta alle sue preghiere era arrivata nel modo e nel luogo più impensati.

Si erano sedute al bar a bere un caffè e così, una parola dopo l'altra, si stavano raccontando di sé. Quando Federica le fece la domanda fatidica "Che lavoro fai?", Simona rispose "Sono una pianista...".

Sì, aveva usato il termine "pianista", che ha un suo fascino, un'eleganza particolare, rassicurante, e non la parola "musicista", decisamente più ostile e spesso soggetta a pregiudizi. Simona aveva imparato a non usare mai questa parola quando si presentava alla ricerca di una casa, perché nell'immaginario collettivo era ancora associata al trittico "sesso droga e rock'n roll", era ancora sinonimo di alcol e sregolatezza e, soprattutto, di precarietà... ecco, appunto... "precarietà". Ma nell'era del precariato, la figura del musicista, da sempre precaria per antonomasia, stava pian piano riconquistando posizioni e risalendo la classifica del gradimento, acquistando un'affidabilità mai avuta prima, proprio perché non doveva più subire il confronto con l'impiegato dallo stipendio sicuro (specie oramai in via d'estinzione), trattandosi sempre più uno scontro tra due diversi tipi di precarietà: quella di chi vive da sempre in questa realtà, e quindi sa come gestirla, e quella di chi crede di aver scelto la certezza del "posto fisso" e che, dall'oggi al domani, si accorge che non sarà mai né fisso né certo.

E così il giudizio della gente e l'orientamento nelle scelte stavano lentamente cambiando, tanto che fu Federica a usare per prima questo termine: "Ah, sei una musicista allora! Bello!".

Questa frase ruppe il ghiaccio, e fece sentire a suo agio Simona, che incalzò: "Sai... la gente pensa che i musicisti siano drogati e alcolizzati, ma io sono astemia e non fumo neanche le sigarette...!".

"Ahahah – rise Federica – ma tu pensi che nello sport, nella politica o anche tra normali impiegati d'ufficio giri meno cocaina che nel tuo ambiente? Ormai le droghe non sono più associabili a nessuna particolare categoria professionale né ad alcun ceto sociale... e poi si vede subito dal tuo sguardo che non fai uso di nessuna sostanza!".

E così la conversazione continuò, come se si sentissero già coinquiline: "Tu che orari hai, a che ora ti alzi?", chiese Federica. "Beh, dipende... se ho una serata, allora torno la notte, e quindi la mattina dormo... se invece devo lavorare in studio o in una produzione televisiva, allora spesso si lavora di giorno, e gli orari variano... e tu?".

"Beh, anche per me dipende... se devo seguire gli allenamenti di mattina oppure se c'è la partita in casa o in trasferta, se c'è il posticipo o l'anticipo di Campionato o se c'è la Champions League... viaggio spesso, è per quello che cerco una persona seria e affidabile, perché quando sono via voglio stare tranquilla... non voglio più vedere gente come gli amici di mia sorella, che di giorno lavorano in borsa e di notte sniffano coca!".

"Seria e affidabile...", pensò Simona... era la prima volta che si sentiva dire queste cose da un'aspirante coinquilina... ed era la prima volta che la figura del musicista batteva la concorrenza di impiegati e consulenti finanziari. 1-0.

CAPITOLO 2

Federica e Simona erano a cena da Mimmo, il loro vicino di casa, e stavano ricordando i particolari del loro primo incontro di 3 anni prima. Mimmo Di Francesco era un pittore, grafico, fotografo e video-maker, insomma tutto ciò che aveva a che fare con le arti visive. Ormai aveva 39 anni, era un bel ragazzo benvoluto da tutti, anche se alla sua età sarebbe più corretto definirlo un bell'uomo, ma in fondo, si sa, un artista è sempre un ragazzo. In ogni caso dimostrava molti anni di meno, alto, moro, carnagione scura e occhi neri, ci teneva alla cura di sé e del suo fisico, andava in palestra e non aveva un filo di pancia, cosa alquanto rara per un uomo della sua età. Mimmo era napoletano e, dopo essersi diplomato al Liceo Artistico, aveva deciso di trasferirsi a Milano per frequentare l'Accademia di Brera. Aveva un carattere dolce e sensibile, era garbato, gentile e disponibile con tutti, insomma il tipico fidanzato che tutte le donne sognano, e il tipico figlio che tutte le mamme vorrebbero, tranne che per un fattore: era gay. Questa era l'unica cosa che a sua madre non era andata giù, mentre suo padre, morto qualche anno prima, non l'aveva mai saputo. Chissà se la signora Maria, che viveva in un quartiere popolare di Napoli, era più preoccupata della felicità del figlio o del giudizio della gente. Chissà perché, in un quartiere in cui le mamme non si vergognano dei propri figli affiliati ai clan della camorra, una mamma che ha un figlio onesto debba vergognarsi della sua omosessualità. Ad ogni modo Mimmo non faceva mistero della sua vita privata, tutti sapevano di lui, non nascondeva, ma allo stesso tempo non ostentava, era molto discreto e la sua omosessualità non si percepiva in modo troppo evidente. La vecchietta del primo piano lo adorava, "Te si un bravo fiò", gli diceva ogni volta che lui l'aiutava a portare le borse della spesa. Simona aveva subito legato con lui, non soltanto per presunte affinità zodiacali, visto che Mimmo era un Pesci, ma soprattutto perché musica e arte appartengono allo stesso mondo, viaggiano sulla stessa lunghezza d'onda, "e poi", pensava lei "che bello avere un amico gay... puoi farti coccolare, confidargli tutto senza correre il rischio che si creino equivoci e si rovini il rapporto...".

Federica e Mimmo invece avevano in comune la stessa passione per il calcio, anche se non per la stessa squadra. Dire che Mimmo era tifoso del Napoli era dire poco, non rendeva affatto l'idea. In realtà era qualcosa di più, qualcosa che va oltre la passione e l'immaginazione: soffriva e gioiva, sudava e palpitava, il suo umore era buono o cattivo a seconda del risultato. Non prendeva impegni e rifiutava inviti quando l'orario coincideva con quello di una partita importante del Napoli. Tra i suoi ricordi d'infanzia, non potrà mai dimenticare quelle domeniche in cui suo padre lo portava con sé allo stadio ad assistere alle leggendarie imprese di Maradona, non potrà mai dimenticare quella festa per il primo scudetto, tra caroselli di auto e bandiere ovunque, in una città colorata di azzurro che impazziva di gioia, dove c'era talmente tanta gente per strada da poter fare il censimento della popolazione e dove la felicità di un ragazzino di 13 anni si confondeva con quella di una nonna di 80. Solo chi è cresciuto in quella città può sapere quanto questa passione sia nel dna di un intero popolo. Si dice che a Napoli "si mangia pane e calcio". In realtà spesso i soldi per il pane mancano, quelli per il calcio mai.

Al quinto piano di quel palazzo, c'era la sublimazione dei 5 sensi: non soltanto la vista e l'udito, guardando i quadri che dipingeva Mimmo o ascoltando la musica che Simona suonava al piano. Anche il gusto e l'olfatto si potevano soddisfare, in quanto Mimmo era un ottimo cuoco. Al tatto pensava Federica che, grazie alle sue frequentazioni in ambienti sportivi, aveva imparato a fare dei massaggi tonificanti.

Spesso le 2 ragazze andavano a cena da lui, che amava condividere con loro ogni nuova ricetta che provava a sperimentare; ma anche se non c'era nulla di nuovo da assaggiare, un buon vecchio spaghetto aglio olio e peperoncino non scontentava mai nessuno.

"Mamma che buono... cos'hai messo in questo sugo?", chiese Federica.

"Eh no! Ogni cuoco ha i suoi segreti... e poi cosa te lo dico a fare, tanto tu mangi solo schifezze già pronte e scaldate nel microonde!", la rimproverò ironicamente Mimmo. "Dimmi piuttosto una cosa: riesci a rimediare il biglietto per me per la partita di domenica sera?".

"Non so ancora Mimmo, ci sto provando... sai com'è... Inter-Napoli è un big match, ci sarà il tutto esaurito... ma forse c'è un collega che non va ed eventualmente mi darà il suo ingresso omaggio, ma per saperlo con certezza devi aspettare ancora qualche giorno...".

"Ma Alessandra? Non doveva venire anche lei stasera a cena?", chiese Simona.

"Mi ha mandato un sms, ha avuto un imprevisto sul lavoro e farà tardi in ufficio, quindi cercherà di passare per il dessert...", rispose Mimmo.

Alessandra Martini era una donna di 46 anni che abitava al sesto piano. Torinese dall'aspetto giovanile e sportivo, altezza media, corporatura regolare, aveva un viso rotondo caratterizzato da un nasino "alla francese", e uno sguardo simile ai raggi X; il taglio di capelli scalato, stile anni '80, era di colore variabile, perché a quell'età il colore dei capelli si cambia all'incirca ogni tre mesi. In quel mese erano castano scuro. Divorziata da 7 anni, viveva da sola in quell'appartamento che le aveva lasciato il suo ex marito, un PM che non aveva problemi di soldi. Erano rimasti in buoni rapporti e ogni tanto si vedevano o si sentivano, ma principalmente per motivi di lavoro. Alessandra era un commissario di polizia e, a volte, si era trovata a indagare a dei casi in cui il PM di riferimento era l'ex marito. Saranno stati i libri di Sherlock Holmes che leggeva da piccola o i telefilm delle Charly's Angels che emulava da adolescente, ma il suo talento investigativo era noto a tutti, fin da quando, giovane studentessa del liceo, riuscì a smascherare gli autori di alcuni misteriosi furti che avvenivano all'interno della scuola. Alessandra era un segugio, non le si poteva nascondere nulla e così non ci mise molto a scoprire i tradimenti del marito, nonostante lui negasse l'evidenza... ma con chi si credeva di avere a che fare? Quella donna di bugiardi ne vedeva tutti i giorni al commissariato, figuriamoci se non era in grado di smascherare un marito infedele! Questo fu il motivo del loro divorzio, perché mentre Alessandra aveva una deformazione professionale, per cui era commissario anche nella vita privata, suo marito, Corrado Marchetti, era invece un brillante e acuto PM nel lavoro, ma come fedifrago era stato decisamente ingenuo e poco furbo.

Alessandra si trovava ogni tanto a cena con i ragazzi del piano di sotto. Non aveva molti amici, sia perché i suoi coetanei erano tutti sposati con figli, e di conseguenza erano diventati pantofolai, sia perché, a causa del suo lavoro, era spesso costretta a tirare bidoni, avvisando all'ultimo momento che aveva avuto un imprevisto e non poteva più andare all'appuntamento. "Imprevisto...", pensava ogni volta "questo lavoro si basa sugli imprevisti... chi può prevedere un crimine?".

Non riusciva più ad avere una vita privata, a conoscere gente che non avesse a che fare col suo lavoro. A volte aveva cercato nuove amicizie nelle chat, ma non potendo rivelare la sua professione, non potendo parlare di sé più di tanto, andava sempre a finire che le persone dopo un po' si stufavano e la virtualità non prendeva mai una forma concreta nel mondo reale.

Era felice, quindi, di avere degli amici che poteva vedere semplicemente scendendo le scale.

Con le 2 ragazze aveva in comune il fatto di fare un lavoro "da uomo", anche se nel suo caso era lei il commissario, era lei a impartire ordini ai suoi uomini e non il contrario.

Potremmo dire che Alessandra viveva con un amico a quattro zampe, se non fosse per il fatto che il povero gattino nero di nome George di zampe ne aveva soltanto tre... lo trovò tre anni prima, ferito e abbandonato in un capannone durante una perquisizione, così decise di portarlo con sé, di farlo curare e adottarlo. Purtroppo il veterinario non riuscì a salvargli la zampetta ferita ma, nonostante l'handicap, il gattino sembrava sentirsi a suo agio nella casa della sua nuova padrona. Gli mise il nome George per via della sua passione per George Michael, passione che condivideva con Mimmo, che si prendeva cura del gattino quando Alessandra a causa del suo lavoro si assentava per molto tempo.

Il campanello suonò intorno alle 22:30, proprio mentre Mimmo stava portando in tavola un tiramisù che era una delizia non soltanto per il palato ma anche per gli occhi. Andò ad aprire Simona, che accolse calorosamente Alessandra, visibilmente stanca e provata da una giornata intensa di lavoro. Sarebbe andata volentieri a dormire subito, ma la sua golosità aveva preso il sopravvento sulla stanchezza, e quindi si era concessa 20 minuti di svago, anche se non capiva bene se era lì per il piacere di stare in compagnia degli amici o per i piaceri del suo palato. In qualsiasi caso, si trattava di un piacere, per cui, dopo 12 ore di dovere, ne aveva tutto il diritto, e non era il caso di porsi troppe domande.

"Com'è andata oggi?", le chiese Simona.

"Eh... solito casino...", rispose Alessandra, "un po' di imbecilli e rotture di scatole varie... questo week end siamo a rischio neve, per cui ti puoi immaginare il delirio che ci sarà, e in più domenica mi tocca anche esser di turno fino a tarda sera... e poi c'è sta cazzo di partita!".

Alessandra odiava il calcio, perché mentre per Mimmo una partita di pallone era sofferenza e divertimento, per Federica lavoro e divertimento, per un poliziotto può soltanto essere lavoro e sofferenza.

Ogni sabato o domenica in cui c'erano partite considerate a rischio, centinaia di poliziotti venivano mandati al "fronte", con lo stato d'animo di chi spera che la guerra non scoppi proprio in quel giorno, ma con la consapevolezza di chi sa perfettamente che, se non oggi, scoppierà un'altra volta, e se tutto andrà bene ci scapperà solo qualche contuso.

Il problema della violenza negli stadi era ormai qualcosa che serviva solo a riempire i palinsesti televisivi, mentre il problema di Alessandra era quello di non riuscire mai a staccare la spina. Mancavano ancora tre giorni alla partita e quindi decise, per una volta, di non pensare al futuro, ma di abbandonarsi al presente. Affondò il cucchiaino nel mascarpone del tiramisù, e colse l'attimo fuggente.

CAPITOLO 3

Quella domenica 9 dicembre Milano era avvolta da un'aria fredda e pungente. Per la strada c'era ancora qualche spruzzo di neve qui e lì, mentre un sottile strato di ghiaccio che ricopriva le auto aveva incollato le portiere, saldate come se quel ghiaccio fosse silicone. Federica era scesa dopo pranzo a dissaldare la portiera della sua smart e a sgelare i vetri, in modo da non perdere tempo più tardi, quando avrebbe usato l'auto per andare con Mimmo a San Siro. Non amava le sorprese e i contrattempi, per quello il suo pensiero era sempre in anticipo su tutto e su tutti. Molti la chiamano "ansia", ma per lei era semplicemente una naturale predisposizione a prevenire, piuttosto che a curare.

Quel pomeriggio i quattro ragazzi, anche se per motivi differenti, condividevano la stessa tensione emotiva dovuta all'attesa. Federica finalmente avrebbe seguito una partita di cartello e sarebbe andata allo stadio nella doppia veste di tifosa (dell'Inter) e di giornalista.

Mimmo era emozionato e agitato, sia per l'importanza della partita sia per il fatto che l'avrebbe vista dalla tribuna stampa di San Siro, insieme a Federica. Un punto d'osservazione privilegiato e inusuale per chi è cresciuto nella curva B dello Stadio San Paolo di Napoli. Intanto era immerso e concentrato nella scelta dell'abbigliamento da indossare... cappotto o piumino? Meglio piumino, più sportivo e pratico

per questi eventi... pantalone sportivo con tasconi capienti...
maglietta azzurra col numero 17 di Hamsik...? No, inutile,
sarebbe coperta dal piumino... meglio la sciarpa azzurra, sì
quella sì...

Simona quella sera avrebbe suonato a un importante
evento. Ci sarebbero stati diversi impresari e manager e non
poteva permettersi di sbagliare nulla, non soltanto a livello
musicale, ma in ogni dettaglio. Nello spettacolo sono tante
le cose da curare: il look giusto, perché l'occhio dello spetta-
tore medio è più attento dell'orecchio; il sorriso, perché non
bisogna mai dare l'impressione di annoiarsi su quel palco; la
presenza scenica, perché suonare solo con le mani, mentre
il resto del corpo appare come mummificato, rischia di non
trasmettere emozioni al pubblico. Infine, armarsi di pazien-
za, serenità e nervi saldi, perché problemi tecnici e imprevisti
sono la regola, e mai l'eccezione. A volte si ha quasi la sensazione che la musica sia un optional.

Erano le 18 al commissariato e Alessandra era piuttosto tesa. Pensava ai colleghi partiti per il "fronte" e teme-
va sempre che potesse accadere qualcosa. Percepiva una
certa elettricità nell'aria e quel silenzio surreale, spezzato
dal rumore di una goccia d'acqua che scandiva il tempo,
sembrava lo scenario di un film di Bergman. Aveva la sensazione che tutto ciò rappresentasse la quiete prima della
tempesta. Erano le 19. Entrò il garzone del bar a portare
un tè per lei e un caffè per l'agente Marotta. La serata era
ancora lunga. Alessandra non beveva caffè e quindi la sua
droga era il tè, meglio ancora se accompagnato da gustosi
biscottini. Il suo vice, l'ispettore Farina, aveva chiesto un
permesso per motivi familiari e quindi sarebbe stato eventualmente reperibile solo in caso di emergenza. Erano le

20. Alessandra era immersa nelle sue riflessioni, quando lo squillo del telefono la fece sobbalzare e il primo pensiero andò ai colleghi che erano di servizio allo stadio... ma si trattava di ben altro: omicidio. Una donna era stata trovata morta in casa propria, in un appartamento al primo piano di un elegante condominio nei pressi di Via Foppa, una via non lontana dai Navigli. La telefonata al pronto intervento era stata fatta da un uomo, presumibilmente il fidanzato o l'amante, che aveva scoperto il cadavere. L'uomo, in evidente stato di agitazione, non aveva saputo dire granché al telefono, tranne che la donna era morta. Omicidio. Si prospettava una lunga notte. Alessandra telefonò immediatamente all'ispettore Farina, che abitava vicinissimo al luogo del delitto, e gli disse di raggiungere al più presto quell'indirizzo.

Davanti al portone della palazzina, teatro del delitto, si erano già radunati un buon numero di spettatori. Lo show era iniziato. "Non bastavano i giornalisti...", pensava Alessandra, "da quando ci sono 'sti telefonini, è pieno di pirla che vengono a scattare foto e a girare video...".

"Noi siamo qui a lavorare, al primo piano c'è una donna morta, e loro si divertono come se fossero al cinema...!", commentò l'ispettore Farina, che ormai sapeva leggere nel pensiero del suo commissario. Max Farina, 40 anni, sposato e padre di 2 bambine, era il tipico poliziotto antidivo. Viso scavato, naso aquilino e baffetti, personaggio schivo e non particolarmente affascinante, era quel genere di piedipiatti che non si vedrà mai in nessun telefilm. Ma il suo lavoro non si svolgeva su di un set cinematografico, bensì per le strade di una grande città e, poiché era dotato di grande intuito e intelligenza, da alcuni anni era l'insostituibile braccio destro del commissario Alessandra Martini.

"Chi è la vittima?", chiese Alessandra salendo le scale. "Una certa Lorenza Filiberti, di 40 anni", rispose uno degli agenti della pattuglia accorsa per prima sul luogo del delitto. "Viveva da sola? Marito, figli, parenti?".

"Sì commissario, viveva sola, ma sembra avesse, per così dire... un 'amico'... che poi è l'uomo che ha trovato il cadavere e ci ha chiamati... eccolo lì...", rispose l'agente, indicando un uomo alto, sulla cinquantina, vestito con un giubbotto e pantaloni con tasconi, capelli corti brizzolati, dal volto pallido e visibilmente in stato di shock, assistito da un medico e da un infermiere dell'ambulanza.

"Come si chiama, cosa vi ha raccontato?", chiese ancora Alessandra.

"Si chiama Gabriele Marelli, 49 anni, architetto... dice che aveva appuntamento alle 19:30 a casa della vittima, per cenare insieme, ma quando è arrivato l'ha trovata stesa per terra...".

"C'era la porta aperta?".

"No, ha detto che la porta era chiusa".

"E allora come ha fatto a entrare?".

"Ha le chiavi di casa... ha suonato il campanello ma, visto che non rispondeva nessuno, ha pensato che la Filiberti fosse in bagno e allora ha usato le chiavi... ah, c'è un'altra cosa... è sposato e, ovviamente, la moglie non sa nulla... o almeno così dice lui...".

Alessandra si lasciò sfuggire un risolino ironico, con un eloquente movimento delle sopracciglia, come dire: "See... figuriamoci se le mogli non sanno nulla...". "Comunque, commissario, mi sa che per interrogarlo dovrà aspettare ancora un po'... i medici hanno dovuto sedarlo con un calmante e, per ora, non mi sembra in condizioni di poter parlare...".

Intanto l'ispettore Farina stava facendo un giro porta a porta, per raccogliere informazioni o eventuali testimonianze dagli inquilini del palazzo, che in verità erano ben pochi, in quanto molti di loro erano partiti per il ponte dell'Immacolata e stavano rientrando nelle loro case proprio in quelle ore successive al delitto.

L'esito di quei giri, di solito, era piuttosto scontato: nessuno ha visto niente, nessuno ha sentito niente, nessuno può immaginare chi potrebbe avercela con una donna così tranquilla...

La scientifica stava ultimando i rilevamenti sulla scena del crimine, che appariva piuttosto ordinata. Non c'erano segni di colluttazione né oggetti fuori posto, apparentemente non sembrava mancare nulla, nessun segno di scasso, quindi si poteva già escludere la pista di un'ipotetica rapina. La vittima evidentemente conosceva il suo assassino e l'aveva fatto entrare in casa. Era stesa a terra, sul pavimento, a faccia in giù, segno che era stata colpita alle spalle dal suo carnefice. I piedi erano rivolti verso la porta d'ingresso, da cui il corpo distava circa un metro e mezzo. Nessun proiettile, la donna era stata ammazzata probabilmente da un oggetto contundente, con un colpo secco alla nuca, e i capelli vicino alla ferita erano leggermente bagnati, ma per saperne di più, ovviamente, avrebbero dovuto aspettare i risultati dell'autopsia.

"Commissario, l'orario della morte è presumibilmente tra le 18:30 e le 19:30", disse il medico legale.

"Quindi quando abbiamo ricevuto la chiamata era morta da poco...", dedusse Alessandra. Intanto diede un'occhiata in giro per la stanza: l'ingresso dava direttamente nell'ampio salone con pavimento in marmo, a fianco alla porta c'era un portaombrelli, con dentro un solo ombrello, e una confezione di 6 bottiglie d'acqua; sulla sinistra un divano bianco in pelle, posizionato perpendicolarmente rispetto all'ampio balcone che era chiuso dall'interno. C'era anche un antifurto posizionato in alto, ma era disattivato. Di fronte al divano una tv al plasma, da circa 50 pollici. Sulla destra invece c'era un elegante tavolo da pranzo, con qualche oggetto sparso: una copia del quotidiano "Il Sole 24 ore", lo scontrino della spesa, una penna e il telefono cellulare della vittima; al di là del tavolo, ancora più a destra, c'era una cucina a vista, perfettamente in ordine, dal design minimalista e tecnologico e dall'aspetto molto costoso. Tutto ciò che era in quella stanza sembrava di fattura pregiata. Insomma, la vittima non doveva passarsela male economicamente. Nessuno in quel condominio probabilmente se la passava male. Zona centrale, palazzo elegante, appartamenti da 200 m2 circa, in ogni pianerottolo c'era una sola abitazione, quindi un "vicino della porta accanto" non c'era. La vittima viveva al primo piano, quindi non c'era neanche il vicino del piano di sotto. Quello del piano di sopra era partito per il ponte, insomma, situazione ottimale per commettere un omicidio senza testimoni.

"Farina, cos'è riuscito a sapere dai vicini?".

"Niente di che commissario, solo qualche informazione su chi era questa donna... Lorenza Filiberti, dirigente di una grossa banca d'affari americana, la Johnston & sons".

"Aveva parenti?".

"Sì, un fratello che vive a Londra, stiamo cercando di rintracciarlo per avvisarlo...".

Nel viavai di addetti ai lavori che si susseguivano, all'1:30 fu la volta del PM. Era Corrado Marchetti, l'ex marito di Alessandra: 52 anni, quasi completamente calvo, occhialini alla John Lennon e corporatura robusta, l'uomo con passo deciso si diresse verso il commissario, che lo dirottò subito dal suo vice: "Parla con Farina, io sono a pezzi e vado a casa, per ora non c'è più niente da fare qui. Mettiamo i sigilli e ci vediamo domani, dopo che ho interrogato i testimoni e l'amante della vittima, che ora è sotto sedativi".

Tornando a casa Alessandra incrociò Simona davanti al portone, che stava rientrando dopo la serata.

"Ciao Simo com'è andata?".

"La mia serata bene, ma tu cosa ci fai a quest'ora ancora in giro... stai rientrando adesso...? Sarà mica per via di quell'omicidio che c'è stato stasera...? L'ho appena sentito alla radio...".

"Sì, è per quello, ma ora ho bisogno di dormire... domani ti racconto... ciao, buonanotte...".

"Notte, ciao, a domani".

CAPITOLO 4

L'indomani, in commissariato, Alessandra stava interrogando Gabriele Marelli, l'amante della vittima. Barba incolta, naso greco, occhi chiari assenti; dal suo volto pallido e anonimo appariva ancora visibilmente scosso, ma comunque abbastanza lucido da poter sostenere un interrogatorio.

L'ufficio del Commissario Martini era un ampio stanzone rettangolare, con due scrivanie di colore marrone posizionate perpendicolarmente, una per sé, l'altra per il suo vice. Ciò che balzava agli occhi era la differenza con cui erano arredati i diversi spazi: dal lato dell'Ispettore Farina, la parete bianca era tappezzata da disegni colorati delle sue bambine, mentre sulla scrivania, oltre all'immagine delle figlie, impostata come sfondo sullo schermo del pc, varie foto incorniciate della moglie e delle bimbe sembravano proteggere con il loro sorriso l'ispettore, illuminando quel mondo oscuro con cui aveva a che fare ogni giorno. Il lato di Alessandra, invece, era completamente vuoto: a parte la scrivania, riempita dal computer e da numerosi fascicoli e scartoffie, sulla parete bianca, leggermente screpolata, erano appesi solo un calendario della Polizia di Stato e la foto del Presidente della Repubblica. Fosse dipeso da lei la parete sarebbe rimasta completamente vuota. Al di qua della scrivania, una sedia di plastica, rigida e scomoda, dove in quel momento era accomodato l'amante della vittima:

"Avevamo appuntamento da lei alle 19:30 per passare la serata insieme... io ero stato tutto il pomeriggio nel mio studio (sono architetto), per lavorare a un progetto che sto seguendo in un cantiere... a volte sono in cantiere, a volte in studio... spesso lavoro anche il sabato e la domenica... il mio studio è vicino casa di Lorenza, per cui avevamo deciso, finito di lavorare, di passare insieme la serata...".

"Era da solo nel suo studio o ha visto qualcuno?".

"No, sono stato da solo tutto il pomeriggio...".

"A che ora è uscito?".

"Saranno state le 19:20 circa...".

"Quanto dista il suo studio dalla casa della Filiberti?". "Circa 5-10 minuti a piedi... sono arrivato, il portone del palazzo era socchiuso, sono entrato, salito al primo piano, ho suonato il campanello, ma Lorenza non è venuta ad aprire... ho suonato ancora, pensando che non avesse sentito o fosse in bagno, ma niente... allora ho preso le mie chiavi, ho aperto... e Lorenza era lì per terra... con la faccia sul pavimento e una ferita in testa... mi sono chinato su di lei per sentire se era ancora viva... ma non respirava più... così ho chiamato subito la polizia...".

"La chiamata al pronto intervento è arrivata alle 19:45", osservò Alessandra.

"Poi ho chiamato anche il 118... ho chiamato il mio migliore amico, che è un medico... è arrivato subito dopo la pattuglia, e mi ha dato un calmante... stanotte ho dormito da lui, non potevo tornare da mia moglie in queste condizioni... inoltre lei sapeva che ero fuori città per lavoro fino a stasera... vi prego di tenerne conto, e di usare discrezione, mia moglie non sa nulla...".

"Signor Marelli, sta scherzando o cosa...?", tagliò corto Alessandra, "La notizia è su tutti i giornali, stiamo parlando di un omicidio, non di un tradimento coniugale! Si rende conto che dovremo interrogare un po' tutti... incluso sua moglie?".

"Cosa c'entra mia moglie con l'omicidio? Lasciatela fuori da questa storia!".

"Signor Marelli, non ci venga a dire cosa dobbiamo fare e cosa no! Dobbiamo verificare tutte le piste, tra cui quella passionale... da che mondo è mondo la gelosia è sempre stata un buon movente per uccidere, quindi dovremo sentire anche sua moglie!".

"Ma mia moglie non farebbe male a una mosca! E poi non ha mai saputo nulla di me e Lorenza... nulla!". "Questo lo accerteremo noi. Intanto ci parli della vittima, ci dica che tipo di persona era, quando vi siete conosciuti, da quanto tempo durava la vostra relazione, se aveva dei nemici, chi avrebbe potuto avercela con lei... tutto quello che le viene in mente...".

"Io e Lorenza ci eravamo conosciuti tre anni fa a una convention aziendale... lei aveva bisogno di un architetto per ristrutturare alcuni appartamenti e così è iniziata la frequentazione... io ero in crisi con mia moglie e, quindi, senza rendermene conto... ecco... beh... è nato il nostro amore...".

"Alla signora Filiberti andava bene così la vostra storia, o pretendeva di più... cioè, le ha mai chiesto di lasciare sua moglie?".

"Certo che me l'ha chiesto! Me l'ha chiesto tante volte, ma non me la sentivo... per me era presto per fare un passo così importante, litigavamo spesso per questo... le avevo chiesto di darmi tempo...".

"Sa se per caso aveva qualche altra frequentazione, qualche spasimante rifiutato o, magari, qualche ex fidanzato che le dava fastidio?", chiese Alessandra.

"No, non credo... o meglio, so che aveva avuto una storia lunga prima di conoscere me, ma lui l'aveva lasciata per un'altra, dopo averla spennata per un po'...".

"In che senso?".

"Nel senso che era sempre a chiederle soldi e dopo un po' lei si è stufata e non gli ha dato più un euro...".

"Beh, anche questo potrebbe essere un buon movente... sa come si chiama il tipo?".

"No, ma credo che fareste bene a parlarne con la sua segretaria, che era anche la sua confidente... sicuramente saprà molte più cose lei del suo passato...".

"Che tipo era? Cosa sa dirmi del suo lavoro, aveva dei nemici o altre cose?".

"Lorenza era una donna molto determinata, razionale, precisa e affidabile, non dimenticava mai nulla... diciamo la tipica donna in carriera... ma con me non parlava mai del suo lavoro, quindi non so dirvi altro... anche di questo dovreste parlarne con la sua segretaria...".

"Bene signor Marelli, per ora è tutto, firmi la sua deposizione e resti a disposizione per ulteriori chiarimenti... ah... un'altra cosa: le do tempo fino a mezzogiorno per parlare con sua moglie, perché poi andremo a farle una visita noi".

Alessandra e il suo vice si recarono in piazza San Babila, presso gli uffici della Johnston & sons, dove tutto il personale era rimasto sconvolto dalla notizia. Il presidente del CDA., il dott. Carlo De Vita, era ancora incredulo: "Non riesco a immaginare chi potesse desiderare la morte di Lorenza... avete già qualche sospetto? Chi può essere stato?".

"Stiamo cercando di scoprirlo. Per ora indaghiamo in tutte le direzioni... sa dirci se per caso la signora Filiberti avesse qualche rivale nel suo lavoro, qualche collega invidioso a cui dava fastidio?".

"Ma no... era stimata e apprezzata da tutti... non riesco a immaginare nessuno che potesse avere interesse a ucciderla... riguardo la sua vita privata forse può aiutarvi meglio la sua segretaria, la signora Rossetti... sa com'è... tra donne si confidavano, ora vi porto da lei".

Giulia Rossetti, 35 anni, capelli castani raccolti in una coda di cavallo, sembrava decisamente affranta e scossa, e i suoi occhi neri erano visibilmente lucidi. Donna garbata e gentile, molto legata alla vittima, era la sua amica confidente e, spesso, si frequentavano anche al di fuori dell'ambiente di lavoro.

"Signora, ci parli della sua amica Lorenza, della sua vita privata, ci dica quello che sa... conosce il signor Gabriele Marelli?".

Alessandra si era resa conto di essersi rivolta alla segretaria chiedendole "della sua amica Lorenza", mentre con l'amante aveva usato la parola "vittima" o "signora Filiberti". Aveva usato un tono più delicato con la donna, che le sembrava davvero sofferente per la perdita della sua amica, mentre era stata più brusca con l'amante, che quasi sembrava soffrire di più il fatto che la moglie sarebbe venuta a sapere tutto.

"Lorenza era innamorata di Gabriele e avrebbe voluto una convivenza, e lui da tre anni diceva che con sua moglie ormai era finita ma di fatto non si decideva mai a lasciarla. Lorenza non era una donna che si faceva troppe fantasie o travisava la realtà, era una persona concreta, con i piedi per terra, se ha iniziato e portato avanti questa storia per così tanto tempo è perché lui le assicurava che davvero avrebbe lasciato la moglie... ma stavolta era stufa, e non intendeva più farsi prendere in giro... l'aveva invitato a cena proprio per parlare di questo e dargli un ultimatum: se il giorno dopo non si fosse deciso a parlare con la moglie, le avrebbe parlato lei!".

"Ah, interessante...", osservò Alessandra, "Signora, che tipo è il Marelli? Lei lo conosce bene?".

"No commissario, guardi... l'avrò visto al massimo due o tre volte, non di più... sa com'è... non essendo una relazione ufficiale, quando era con lui evitava di farsi vedere in giro... o erano a casa sua o andavano via per qualche giorno...".

"E quelle poche volte che l'ha visto, che impressione le ha fatto?".

"Le dirò, sinceramente: non mi è mai piaciuto... guardi commissario, una persona come me, dall'esterno, può vedere delle cose che invece una persona troppo coinvolta non riesce a vedere...".

"E cos'ha visto?".

"Io ho visto un codardo che non avrebbe mai lasciato la moglie...".

"Gliel'ha detto questo alla sua amica?".

"Certo che gliel'ho detto, ma, sa com'è, le persone innamorate hanno il prosciutto sugli occhi, per cui a un certo punto ho smesso di dirglielo...".

"E invece mi sa dire qualcosa del fidanzato che aveva prima di conoscere Marelli?".

"Chi, Michele Santini? Quello spiantato cacciatore di dote! Meno male che almeno di lui si è accorta in tempo, prima di farsi prosciugare il conto!".

"Sa se l'aveva rivisto ultimamente, e se le avesse chiesto ancora dei soldi?".

"Questo non glielo so dire... so solo che, ai tempi, fu comunque lui a lasciare lei per un'altra donna, una ricca ereditiera, di 10 anni più anziana di lui...".

"Ma guarda un po' ...", ironizzò Alessandra, e poi chiese: "Le viene in mente qualche altra persona, magari uno spasimante rifiutato, che potrebbe avercela avuta con la sua amica?".

"No, guardi commissario, non credo, ma anche se ci fosse stato, magari non me l'avrebbe neanche detto... nel senso che Lorenza non era una donna che si perdeva in chiacchiere inutili, era comunque abbastanza riservata, raccontava solo le cose per lei importanti, e gli spasimanti che non le interessavano non erano per lei argomento di conversazione...".

"Senta signora Rossetti, a casa della signora Lorenza non abbiamo trovato nessun computer... sa dirci se aveva un portatile, e quali computer utilizzava in ufficio?".

"Quella è la sua scrivania...", rispose la segretaria indicando un elegante tavolo in vetro a forma di mezzaluna, "e quello il suo computer... c'era anche un portatile, ma lo utilizzava solo quando viaggiava per lavoro, non amava portarselo a casa... piuttosto si fermava fino a tardi in ufficio, ma quando tornava a casa voleva staccare la spina e, quindi, non aveva computer nel suo appartamento... ecco, quello è il suo portatile...", concluse la donna indicando il notebook ripiegato e adagiato su una cassettiera accanto alla scrivania.

"Bene, li faremo portare via per esaminarli... un'ultima cosa: lei conosce il fratello della vittima?".

"Sì, Marcello, vive a Londra, viene raramente a Milano, un paio di volte all'anno... non sono mai stati in rapporti idilliaci, soprattutto da quando è morto il padre, 4 anni fa, hanno rischiato di andare per vie legali a causa dell'eredità, poi per fortuna hanno trovato un accordo... lui non è mai stato interessato alla carriera finanziaria, preferisce vivere di rendita e godersi la vita...".

"Adesso, però, è l'unico erede, giusto? A meno che non ci sia un testamento che smentisca...".

"Commissario, secondo lei una donna di 40 anni, nel pieno della vita, pensa a fare testamento...?".

Dopo pranzo, Alessandra e Farina andarono sul Naviglio Grande, dove abitava Marelli, per parlare con sua moglie. Appena la donna aprì la porta, Alessandra rimase subito colpita dal fascino e dalla classe di questa signora, il cui "torto", probabilmente, era quello di avere 10 anni in più dell'amante di suo marito. Ci si immagina sempre una moglie brutta e cattiva, e un povero marito che cerca una donna bella e dolce per farsi consolare... ma non era così. La donna, elegantemente vestita e dai modi molto aristocratici, aveva i capelli a caschetto biondo platino, occhiali sottili senza montatura da cui si intravedevano due occhi blu come il cielo di Stoccolma, e un viso sapientemente truccato in modo da nascondere ogni ruga. Li fece accomodare in un ampio salone arredato con mobili d'epoca e pezzi pregiati di antiquariato, attraversando un pavimento ricoperto da un tappeto persiano, e su una guantiera d'argento fece servire loro un caffè in due eleganti tazzine di porcellana. Fu gradito dall'ispettore, ma non dal commissario, che non ne beveva mai. A volte Alessandra si rammaricava di non bere il caffè: offrire e accettare un caffè è spesso il modo migliore per rompere il ghiaccio ed entrare in confidenza con le persone. E difatti la signora Marelli si rivolse a Farina nel dire: "So già tutto, mio marito mi ha raccontato quello che è successo...".

"Cosa le ha raccontato suo marito?", intervenne Alessandra, con la decisione di chi vuol ristabilire le gerarchie.

"Mi ha detto dell'omicidio, che lui si è trovato lì perché aveva appuntamento con questa donna, che è la sua amante da 3 anni.", rispose la signora Marelli con una flemma che non tradiva alcuna emozione.

"Signora, la cosa non la turba per niente?", chiese Farina con aria perplessa.

"Certo, un omicidio turba sempre... soprattutto se indirettamente piomba nella tua vita... pensiamo sempre che certe cose siano lontane da noi, che appartengano solo alla televisione o ai film... e invece poi ce le ritroviamo in casa e all'improvviso tutto cambia... la nostra vita non sarà più uguale a prima... se invece vi riferite al turbamento che dovrebbe avere una moglie quando scopre che il marito la tradiva da tre anni con un'altra, beh, questo tipo di turbamento non posso averlo, visto che sapevo perfettamente della relazione di mio marito con questa donna...".

Alessandra e Farina si guardarono stupiti, ma la donna continuò a raccontare: "Io e mio marito siamo sposati da più di 10 anni. Per un po' le cose andarono bene, eravamo una bella coppia, anche se alla mia famiglia lui non piaceva: per loro Gabriele mi aveva sposata per soldi, non per amore...".

"Mi scusi signora, ma suo marito è un architetto, ha un'attività avviata che funziona bene, perché dovrebbe aver bisogno dei suoi soldi...?".

La signora Marelli rise.

"Ora ha un'attività avviata, ma all'inizio l'ha avviata con i miei soldi, e grazie alle mie conoscenze...".

"Continui signora...".

"Dunque, poi arrivò la classica crisi del settimo anno... i nostri rapporti erano cambiati, continuavamo a litigare, gli dissi anche che, se voleva, era libero di andarsene, ma lui non volle, e poi capii il perché...".

"Perché?", chiese Alessandra.

"Perché aveva trovato un'amante che gli dava quello che desiderava a livello affettivo, ma non a livello economico... quella ragazza era reduce da una brutta esperienza con uno spiantato che le stava prosciugando il conto, quindi non avrebbe mai più aperto la borsa a nessun altro uomo... ecco perché Gabriele aveva ancora bisogno di me...".

"Signora, come fa a sapere tutte queste cose della vita privata della vittima?".

"Quando mi accorsi che mio marito aveva dei comportamenti, diciamo, un po' sospetti, circa 2 anni e mezzo fa, ho ingaggiato un detective privato e, quindi, nel giro di poco tempo ho saputo tutto di lei, di loro... tutto".

Alessandra guardò Farina incredula, e poi chiese:

"Non capisco signora. Perché ha ingaggiato un detective per scoprire un tradimento e, una volta scopertolo, non ha detto né fatto nulla?".

"Perché tornava sempre a casa a dormire. Ho sopportato e continuato a far finta di niente, sapendo bene quello che faceva... ma poi tornava sempre da me, e io non ero pronta a lasciarlo, a chiedere un divorzio, avevo paura di restare da sola e così, pian piano, mi sono abituata ad accettare e sopportare questa situazione".

Alessandra rifletteva sulle parole della donna: spesso la paura di restare soli porta ad accettare qualunque umiliazione pur di non perdere il partner... sarà mancanza di autostima, insicurezza? Fortunatamente per lei non era stato così e, dopo aver scoperto i tradimenti del marito, l'aveva affrontato senza paura delle conseguenze, e non se n'era mai pentita. Ma evidentemente non tutte le donne sono uguali.

"Mi dica una cosa signora", riprese Alessandra risvegliandosi dai suoi pensieri, "lei dice che suo marito tornava sempre a dormire... ma la scorsa notte avrebbe dovuto trascorrerla con la sua amante...".

"Non soltanto la notte scorsa, erano circa tre mesi che mio marito ogni tanto mi diceva che era bloccato al cantiere, a Bergamo, e non sarebbe tornato a casa a dormire".

"E lei?".

"E io, dopo aver ricevuto dal detective le conferme ai miei sospetti, una settimana fa ho chiamato il mio avvocato e gli ho chiesto di preparare le carte per il divorzio".

CAPITOLO 5

"E così ora quel Marelli si ritrova di colpo senza amante e senza moglie!", osservò Simona, dopo aver ascoltato il racconto di Alessandra. Erano tutti e quattro al bar vicino al commissariato e, seduti intorno a un tavolino in marmo accanto alla porta d'ingresso, ognuno faceva le sue considerazioni. "Quale meccanismo scatta nella testa di una donna, per cui tre mesi di tradimento del marito che non torna a casa a dormire non si accettano, mentre tre anni, ma con un marito che torna sempre a casa, invece sì?", si chiedeva Federica, sorseggiando il suo caffè al ginseng.

"Beh, anche Mussolini, nonostante tutti sapessero che stava con la Petacci, sembra che tornasse a dormire tutte le sere dalla moglie Rachele, che ovviamente sapeva tutto anche lei", osservò Simona, tra un latte macchiato e una brioche alla crema.

"Simo, erano altri tempi! A quell'epoca i tradimenti dei mariti erano quasi obbligatori! E le mogli si sposavano con questa consapevolezza... ma oggi...? Cosa spinge una donna ad accettare tutto questo in silenzio?", chiese Federica.

"Sai Fede", intervenne Alessandra, mentre sollevava dalla sua tazza la bustina del tè, "io penso sempre che una moglie che sa di essere tradita, se fa finta di niente è perché aspetta pazientemente il momento in cui la relazione del marito finirà... e fino a quando lui torna a dormire a casa continua a credere che questo sia possibile, ma quando poi inizia a non tornare più, è lì che perde la speranza, e inizia ad aprire gli occhi...". Mimmo era silenzioso, aveva bevuto il suo caffè tutto d'un sorso e non prendeva parte alla conversazione. In realtà, più che turbato per l'omicidio, era ancora turbato per la sconfitta del Napoli contro l'Inter. Ci voleva qualcuno o qualche argomento di suo interesse per risvegliarlo dal torpore. A un certo punto entrò nel bar un elegante uomo brizzolato, alto, dagli occhi scuri e il sorriso seducente, che vedendo Alessandra la salutò con cordialità.

"Commissario, buongiorno! Ero da queste parti per un appuntamento e già che c'ero avevo pensato di passare da lei in ufficio, per sapere se ci sono novità... ho pensato di prendermi prima un caffè, e la trovo qui al bar, che fortuna!".

"Salve dottor De Vita, prego... si accomodi con noi al tavolo!". Alessandra si ricordò della riflessione che aveva fatto il giorno prima, sull'importanza di un caffè, e approfittò dell'occasione per approfondire la conoscenza con De Vita. "Le presento i miei amici!".

Iniziarono a chiacchierare del più e del meno.

"Ahh lei è napoletano?", chiese De Vita a Mimmo, "Anch'io sono nato a Napoli, sa? Poi nel '78 la mia famiglia si trasferì a Milano... avevo 14 anni, ho fatto a Napoli il primo anno di liceo, poi mio padre, una volta trasferiti al Nord, mi ha mandato in un collegio in Svizzera, sa com'è, erano gli anni di piombo, nei licei, soprattutto in quelli artistici, c'era molto fermento... lui era un uomo tutto d'un pezzo, e quindi ha cercato di farmi crescere in un ambiente più controllato".

"Ah, quindi anche lei ha frequentato il Liceo Artistico? Il Liceo in Via Santi Apostoli a Napoli, come me?", si risvegliò Mimmo.

"Sì, quello! Solo il primo anno però! Avevo i nonni che abitavano in centro e mi portavano spesso a mangiare la sfogliatella in quella famosa pasticceria in Via Toledo, quando avevo la pausa. Io abitavo a Posillipo, era lontano da scuola, e quindi spesso mi fermavo da loro. Poi da quando sono andato a Milano non li ho più rivisti. A Napoli ci sono tornato solo di recente. Dopo la Svizzera, nell'82, mio padre mi mandò in America all'università".

"Ah, ecco perché lei ha un accento più americano che napoletano o milanese!", osservò Alessandra.

"Sì commissario, ho vissuto più all'estero che in Italia e, a dire la verità, sarei rimasto in America se non fosse stato per la morte di mio padre, nel 2002, che mi ha spinto a ritornare in Italia. Ero l'unico erede, qualcuno doveva occuparsi degli affari e del patrimonio di famiglia, e così sono ritornato qui".

"Beh, comunque dimostra sei-sette anni di meno, complimenti!", osservò Simona.

"Dottor De Vita", intervenne Alessandra cercando di deviare il discorso sulle tematiche che riguardavano il suo lavoro, "al momento stiamo aspettando i risultati dell'autopsia, per cui non ci sono novità. Le faremo sapere senz'altro gli sviluppi, poi, se non le dispiace, in questi giorni passerei a farle una visita, vorrei capire un po' di più chi era la signora Filiberti parlando con i suoi impiegati".

"Sì, certo commissario, venga pure quando vuole".

Dai primi esami della Scientifica, sulla scena del delitto c'erano solo 2 tipi di impronte digitali: quelle della vittima e quelle del suo amante. Non ne erano state trovate altre. Farina nel frattempo aveva saputo dal portinaio del palazzo in cui era avvenuto il crimine che la signora Filiberti aveva una colf, una filippina, che di solito andava a fare le pulizie il mercoledì e il sabato, ma la signora non era molto contenta del suo lavoro e aveva deciso di licenziarla alla fine del mese. La donna, di nome Jessy, aveva anche le chiavi di casa.

"Bene, dopo andremo a fare quattro chiacchiere anche con lei", disse Alessandra, "intanto ha verificato gli alibi di tutti i conoscenti?".

"Sì commissario, al momento tutti sembrano avere un alibi, tranne Marelli, l'amante della vittima, che, come anche lei ricorderà, dice di essere rimasto tutto il pomeriggio da solo nel suo studio, fino alle 19:20".

"Già".

"Ah, c'è un'altra cosa commissario: abbiamo controllato dal cellulare della vittima le ultime chiamate ricevute ed effettuate: ci sono diverse telefonate ricevute dallo stesso numero, sia sabato che domenica, e l'ultima risale alle ore 18:27, cioè subito prima dell'omicidio".

"E a chi corrisponde quel numero?".

"A Michele Santini, l'ex fidanzato della vittima!".

A casa di Santini, tutto era disordine. Il disordine esteriore era il riflesso di quello interiore, di tutta la sua vita. Nella sua dimora, un ampio open space di circa 70 m² in viale Monza, non si percepiva nessuna differenza tra la zona giorno e la zona notte: sul letto sfatto c'erano tazze sporche di caffè e involucri di cartone con avanzi di pizza, mentre il pavimento era disseminato di lattine e bottiglie vuote, scatole di scarpe che contenevano insieme calzini e cd e indicavano la strada per un divano, su cui giacevano una ciabatta e un telecomando, mentre sul tavolo da lavoro c'era un computer circondato da posacenere mai svuotati e da bicchieri che ne avevano assunto la funzione.

"Sì, è vero, ho chiamato Lorenza, avevo urgente bisogno di soldi. La mia fidanzata mi ha lasciato, ho dei debiti di gioco e sono disperato, speravo che Lorenza mi aiutasse", piagnucolò Santini, che aveva l'aspetto di chi non si rade e non si cambia d'abito da diversi giorni e le occhiaie di chi è reduce da notti insonni.

"E quindi cos'ha fatto?".

"Niente, l'ho chiamata più volte, le ho chiesto di vedermi, ma lei non ne voleva sapere. Poi, l'ultima telefonata, le ho detto che ero sotto il portone, di farmi salire solo cinque minuti, ma lei ha detto che se non fossi andato via subito avrebbe chiamato la polizia e allora me ne sono andato".

"Quindi, se le chiedo dov'era domenica dalle 18:30 alle 19:30, lei non ha un alibi, o meglio, era sul luogo del delitto", incalzò Alessandra.

"No commissario, sono andato via subito!".

"E dov'è andato?".

"In giro... mi sono seduto cinque minuti sulla panchina del giardinetto di fronte, poi ho girato intorno all'isolato e me ne sono andato a casa".

"E non l'ha vista nessuno? Per esempio, qualcuno al giardino a passeggio col cane o qualche passante?".

"No, ho incrociato solo un motorino che passava, ma i giardinetti erano vuoti, neanche un cane, in tutti i sensi".

La colf, Jessy Young, viveva in zona Corvetto, nella periferia a sud della città, in una casa popolare, insieme ad altri connazionali. L'ordine della sua casa era simile a quello della dimora di Santini, ma lo spazio era la metà, mentre le persone che vi abitavano erano il triplo.

"Signora Young, quando ha visto l'ultima volta la signora Filiberti?".

"Sabato, commissario".

"Signora, sappiamo che la vittima l'avrebbe licenziata alla fine del mese, per cui ci dica cos'è successo sabato, se avete discusso, litigato... ci dica la verità!".

"Avevamo già discusso mercoledì. Lei diceva io non pulivo bene, e allora, per dimostrare che questo non vero, sabato ho pulito tutto salone perfetto: vetri, porte, mobili, ogni angolo salone, bagno, cucina".

"Signora Young, lei oltre che in casa della signora Filiberti, dove lavora?".

"Commissario, ho perso mio lavoro un mese fa. Lavoravo in ospedale con impresa pulizie, ma impresa finito contratto, perso appalto e non più lavoro per me e altri colleghi".

"Quindi se la Filiberti l'avesse licenziata sarebbe rimasta completamente senza lavoro?".

"Anche con lei morta sono completamente senza lavoro e anche senza liquidazione".

Alessandra si era fatta consegnare dalla colf le chiavi dell'appartamento della vittima e ora erano sulla sua scrivania. Seduto di fronte a lei, nel suo ufficio, c'era il fratello della vittima, arrivato due giorni prima da Londra per il riconoscimento della salma.

"Signor Filiberti, da quanto vive a Londra?", chiese Alessandra cercando di rompere il ghiaccio.

"Da quattro anni, cioè da quando è morto mio padre".

"E come mai ha scelto Londra, ha un lavoro lì, cosa fa?".

"Niente, mi godo la vita e vivo di rendita", rispose il Filiberti, in modo un po' arrogante.

"Davvero? Pensi che al mondo esiste gente che per vivere è costretta addirittura a lavorare!", rispose Alessandra con un'acida ironia, che spesso tirava fuori quando c'era un soggetto che la ispirava particolarmente.

"Io la penso in modo diverso commissario: nel mondo è pieno di disoccupati, quindi perché mai dovrei togliere il posto di lavoro a chi ne ha bisogno, quando posso permettermi di vivere senza lavorare?".

"Sua sorella a quanto pare non la pensava così".

"Mia sorella era avida e ambiziosa, era un'arrivista, ma alla fine viveva da frustrata e insoddisfatta, in mezzo a tutti quei colletti bianchi e palloni gonfiati in doppio petto. Doveva recitare la sua parte in quell'ambiente di commedianti, gente che pensa solo a far soldi!".

"Mentre lei pensa solo a spenderli, giusto?", rispose Alessandra.

"E che c'è di male? Finché li ho, li spendo!".

"Adesso ne avrà di più, visto che è l'unico erede...". Questa frase non la disse, ma la pensò.

Alessandra era a casa di Mimmo, comodamente seduta sul coloratissimo divano: in realtà quel divano di stoffa era color panna, ma non essendo adatto all'appartamento di un pittore, che semina ovunque schizzi di colore a olio, Mimmo l'aveva ricoperto con un copridivano su cui era riprodotta l'immagine di un quadro di Van Gogh. Su Van Gogh vegliava Munch, visto che al di sopra del divano era appesa una riproduzione dell'*Urlo*, che era il quadro preferito di Mimmo. Il poster spiccava su una parete rosa, mentre sulla parete ad angolo, di colore fucsia, erano appese alcune suggestive foto di paesaggi o soggetti in bianco e nero scattate dal padrone di casa. Non amava appendere i propri quadri, stilisticamente ispirati proprio a Munch, che erano tutti ammassati nel suo atelier in fondo al corridoio: una stanza con la finestra sempre aperta e la porta sempre chiusa, per evitare che gli odori dei colori a olio contaminassero i profumi della cucina. Gli ospiti avevano appena finito di cenare e stavano bevendo il caffè seduti intorno al tavolo rettangolare di vetro, al centro del soggiorno.

"Certo che prima sembrava che nessuno potesse avere interesse a desiderare la morte della signora Filiberti, ora sembra quasi che ognuno avesse un movente valido per farlo", osservò Alessandra.

"E cos'è un movente valido? Per cosa vale la pena di uccidere?", chiese Simona.

"Beh, in generale nei crimini i moventi sono quasi sempre di due tipi: o economico o passionale", rispose Alessandra.

"Ma entrambe le cose si riassumono in una sola parola: 'possesso'", osservò Simona.

"In sostanza, se l'essere umano perdesse il desiderio avido di possesso non ci sarebbero più crimini?", chiese Mimmo, accendendosi una sigaretta.

"Chi lo sa! Sicuramente ce ne sarebbero molti di meno!", rispose Alessandra. Di fronte al divano del soggiorno c'era un cubo rosa con le rotelle, su cui era appoggiata una tv accesa che faceva da sottofondo alle loro chiacchiere, distraendo Federica che, a un certo punto, esclamò: "Ma chi è 'sto pirla che sta parlando?", riferendosi a un ragazzo sullo schermo che si proponeva come improbabile opinionista offrendo le sue perle di saggezza senza, però, riuscire a coniugare un verbo in maniera corretta.

"Non ricordo... mi sembra sia un personaggio di qualche reality...", rispose Mimmo.

"Ma ci sono così tanti imbecilli in giro?", sbottò Federica, sfilando una sigaretta dal pacchetto di Mimmo appoggiato sul tavolo.

"Fede", intervenne Alessandra, "se il mondo non fosse così pieno di idioti io dovrei cercarmi un altro lavoro".

"E perché, il tuo lavoro non ha a che fare con i cattivi?", chiese Federica.

"Magari! Non lo sai che nella vita bisogna aver paura degli stupidi più che dei cattivi?", rispose Alessandra, che poi continuò il discorso: "I cattivi non sono così tanti, hanno un'intelligenza, magari diabolica, ma agiscono secondo una logica e se li contrasti con altrettanta intelligenza puoi prevedere le loro mosse. Ma la maggior parte dei reati sono commessi da balordi, mine vaganti che agiscono spesso senza nessun criterio e, quindi, le loro azioni possono degenerare in maniera pericolosa e imprevedibile... ecco, guarda lì, per esempio", disse indicando la tv, che in quel momento mostrava delle immagini di incidenti avvenuti fuori da uno stadio, "ogni domenica, ci sono migliaia di agenti in tutta Italia impegnati fuori dagli stadi: credete che siano lì per contrastare dei geni del crimine o per controllare alcune centinaia di imbecilli? Basta che uno di loro faccia una sciocchezza e succede un gran casino... e la cosa più frustrante sapete qual è? Che quando uno di questi idioti provoca il danno, dopo 24 ore arriva anche la beffa, perché basta un qualsiasi bravo avvocato e vengono immediatamente scarcerati!".

"Alessandra ha ragione", intervenne Mimmo, "anche a me i problemi sul lavoro sono sempre stati creati da idioti, non da gente cattiva".

"Senti, e invece l'assassino della Filiberti? Pensi che sia un idiota o un cattivo?", chiese Simona.

"Bella domanda! Dipende da chi è stato... quando lo scopriremo, allora ti dirò a quale delle due categorie appartiene!", rispose scherzosamente Alessandra.

"Eh, ma così non vale però!", rise Federica, "Tu che idea ti sei fatta dell'omicidio?"

"Guarda Fede, gli indizi sembrano andare tutti contro Marelli, l'amante: non ha un alibi, gli orari combaciano, nel luogo del delitto sono state trovate solo le sue impronte e anche nel bagno, sul portasapone, perché dopo aver toccato la vittima ha pensato bene di andarsi a lavare le mani! Inoltre la vittima l'aveva invitato a cena per dargli un ultimatum: "o vieni a vivere con me, o dico tutto a tua moglie!", quindi c'è anche il movente".

"E allora cos'è che non ti quadra? Sembra evidente che sia lui, ma non mi sembri convinta", chiese ancora Federica.

"È la scena del delitto che non mi quadra: è surreale, è tutto estremamente ordinato e c'è un grande vuoto, come se mancasse qualcosa, ma al momento mi sfugge cosa".

"Quindi", concluse Mimmo, "in sostanza dobbiamo dedurre che se l'assassino è l'amante allora è un idiota, mentre se è qualcun altro è un cattivo".

CAPITOLO 6

Quel venerdì 14 dicembre Milano era ricoperta di neve. Vestita di bianco, la città emanava una luce diversa, un fascino particolare, ed era avvolta da un silenzio surreale. La neve porta con sé il silenzio: i passi sono silenziosi, le auto sono silenziose, ed è bello godersi questo spettacolo al caldo, sotto le coperte. Ma Alessandra era alla finestra del suo ufficio, dove lo spettacolo può durare il tempo di una riflessione, e poi gli occhi e la mente devono tornare ad altro, a una realtà meno romantica e più cruda.

"Commissario, ecco i risultati dell'autopsia", disse Farina depositando sulla scrivania un fascicolo che Alessandra lesse con attenzione.

"Qui, in sintesi, c'è scritto che la vittima è stata uccisa con un colpo secco alla nuca, che ha causato la rottura dell'osso del collo, inferto con precisione e violenza da un oggetto contundente dalla forma piatta e rettangolare, simile a un mattone. Non vi sono altre escoriazioni né ematomi sul resto del corpo... Però dai rilevamenti della scientifica non risultano residui di terreno o polvere intorno alla ferita, ma solo un po' d'acqua... Bene, io direi di andare a fare un sopralluogo nell'appartamento e cercare un oggetto che possa avere questa forma. Intanto chiamo il PM e vediamo se è il caso di mettere in stato di fermo Gabriele Marelli, l'amante della vittima".

Nell'appartamento della Filiberti gli agenti cercavano dappertutto un oggetto che potesse corrispondere all'arma del delitto. Alessandra era rimasta nel salone a cercare e ad osservare la scena del crimine: il divano in pelle, bianco e lindo, la tv da 50 pollici al plasma, la tavola da pranzo con sopra una copia del quotidiano "Il Sole 24 ore", uno scontrino della spesa, una penna. Vicino alla porta d'ingresso il portaombrelli con un ombrello, una confezione di 6 bottiglie d'acqua. Aprì i vari sportelli della credenza della cucina, dentro c'erano piatti, bicchieri, pentole, e un vassoio rettangolare in terracotta che poteva essere compatibile con l'arma del delitto; fu raccolto con cura dagli agenti e sigillato in una busta di plastica. Nei cassetti c'erano solo tovaglie e stoviglie, niente che potesse destare il suo interesse. Aprì il frigo e anche lì non c'era granché: due uova, uno yogurt, un budino, mezzo litro di latte e del pane in busta. Il freezer era praticamente vuoto. Non era stato nascosto nessun oggetto sospetto. Gli agenti fecero anche un sopralluogo nel resto del palazzo, nelle cantine, nelle soffitte, nell'ascensore, dove per altro, la sera dell'omicidio, erano già state prese le impronte; fu esplorata anche la zona al di sotto dell'ascensore, ma senza nessun risultato.

In ufficio si stava procedendo all'interrogatorio di Gabriele Marelli, questa volta non in qualità di testimone, ma come indagato. Era presente anche il suo avvocato.

"Signor Marelli, ci dica cos'ha fatto la sera del 9 dicembre, tra le 18:30 e le 19:30", chiese Alessandra. "Commissario, gliel'ho già detto quattro volte, ero nel mio studio, a lavorare!".

"Senta signor Marelli, forse lei non ha capito che si trova in un bel guaio. Sappiamo che la vittima l'aveva invitata a cena per darle un ultimatum: o lei lasciava sua moglie o la signora Filiberti le avrebbe raccontato della vostra relazione, quindi direi che il movente c'è tutto! Inoltre nell'appartamento sono state trovate solo le sue impronte!".

"Ovvio, perché il vero assassino avrà usato dei guanti! Andiamo commissario! Ci sono almeno quattro persone che potevano avere un movente valido per ucciderla! Il mio cliente è solo un ingenuo, non un assassino!", intervenne l'avvocato.

"Senta Marelli", riprese Alessandra ignorando l'avvocato, "la situazione per lei è complicata, se vuole uscirne deve fare uno sforzo di memoria e cercare di ricordare tutti i dettagli possibili: quando era in ufficio, tra le 18:30 e le 19:20, ha ricevuto chiamate sul telefono fisso del suo studio? Chiamate al cellulare? Ha visto qualcuno, anche solo un passante, qualcuno che può identificarla, nel tragitto dal suo studio all'appartamento della vittima?".

"Commissario, io di questo ultimatum di cui parla lei non ne so nulla. Io sono arrivato quando Lorenza era già morta. Quando ero in studio mi sono arrivate un paio di chiamate sul telefono fisso, ma non ho risposto, non rispondo mai quando sono concentrato nel lavoro, non rispondo e non vedo nessuno. Poi sono uscito, erano circa le 19:20, non c'era gente per strada. Ho visto solo una signora di mezza età, con un cappello rosso e un cagnolino al guinzaglio, anche il cagnolino aveva un cappottino rosso, erano al giardinetto di fronte casa di Lorenza; poi sono arrivato al portone, il portone era già aperto, quindi non ho citofonato e sono salito per le scale, ho suonato il campanello, ma niente, ho suonato ancora: niente. Allora ho preso le mie chiavi e sono entrato e Lorenza era lì per terra, mi sono chinato su di lei per capire se era ancora viva, ma non respirava più. Dopo di che sono stato preso dal panico e non ricordo... ho chiamato la polizia, l'ambulanza, il mio migliore amico medico... sono anche andato in bagno a lavarmi le mani sporche di sangue...

ma di quegli attimi ho dei ricordi confusi che si accavallano tra loro. Non so dire quali di queste cose ho fatto prima e quali dopo".

"Senta Marelli, nel giardino, oltre alla signora col cane, per caso ha visto anche un uomo seduto su una panchina?", chiese Alessandra.

"No commissario, c'era solo la signora, nessun altro". "Bene, intanto faremo un sopralluogo nel suo cantiere a prendere qualche mattone".

Il lunedì, Alessandra era dal PM Corrado Marchetti a fare il punto della situazione. L'ufficio del magistrato era arredato in modo apparentemente simile a quello del Commissario, ma nella sostanza era molto diverso: la scrivania era in legno pregiato, lucidata e senza un granello di polvere. Sul lato destro della stanza era posizionata una libreria a vetri contenente fascicoli e libri di diritto penale, mentre alle spalle del PM, oltre alle tradizionali immagini istituzionali, erano appesi alcuni quadri d'autore che spiccavano da una parete perfettamente imbiancata. Tutti erano seduti su comode poltrone di pelle nera.

"Beh, mi sembra che il caso sia risolto, gli indizi sono tutti contro il Marelli, e aveva anche un buon movente!", affermò Marchetti con l'aria di chi ha già archiviato la questione e vuole andare oltre.

"Corrado, ma credi davvero che Marelli sia l'assassino?", obiettò Alessandra.

"Se non ne abbiamo trovato un altro, probabilmente sì!", rispose Marchetti.

"Ecco! Siamo alle solite! A voi non interessa trovare 'il' colpevole, ma 'un' colpevole, per fare la vostra bella conferenza stampa con le tv e leggere il vostro nome sui giornali per l'ennesimo caso risolto brillantemente! La faccia dell'assassino in prima pagina e il caso chiuso!", sbottò Alessandra.

"E allora dimmi tu com'è andata! Cosa vuoi fare, la tua solita caccia ai fantasmi? Abbiamo anche i tabulati telefonici, e la cella agganciata dal cellulare del Marelli è quella che copre la strada in cui abitava la vittima, uno dei mattoni sequestrati al cantiere in cui lavora è compatibile con la ferita, le impronte sono tutte sue, gli orari corrispondono, tutto corrisponde!", rispose il PM. "Allora", ribatté Alessandra, "innanzitutto il suo avvocato ti risponderà che la cella che dà copertura telefonica alla strada in cui abitava la Filiberti è la stessa che copre la via in cui ha lo studio Marelli, in quanto le strade sono molto vicine. Abbiamo fatto il percorso a piedi, la distanza è di circa 8 minuti, quindi questi tabulati sono irrilevanti per stabilire la sua posizione. Dunque dimmi come sarebbe andata? Marelli secondo te ha l'abitudine di camminare per strada con un mattone in tasca? Poi litiga con la sua amante, si ricorda di avere quel mattone e appena lei si gira la colpisce alle spalle?".

"Un mattone puoi portarlo in un sacchetto di plastica! Marelli è andato lì col mattone per ucciderla e l'ha colpita senza tirarlo fuori, direttamente dal sacchetto; ecco perché non ci sono tracce di terra o polvere, ma di acqua: il sacchetto poteva essere bagnato!", rispose Marchetti.

"Dimentichi una cosa", riprese Alessandra, "Marelli non sapeva dell'ultimatum che gli avrebbe dato la Filiberti, perché lei gliel'avrebbe detto a cena, quindi non può esserci nessuna premeditazione, perché quando si è recato dalla vittima il presunto movente non esisteva ancora! E poi non c'è nessun segno di colluttazione, nessuna ecchimosi sul corpo della vittima. Secondo te, due amanti che stanno litigando, prima di uccidere o farsi uccidere, non hanno nessun altro contatto fisico?".

"Ok, ok...", si arrese il PM, "ti do una settimana di tempo per trovare qualcosa che mi faccia cambiare idea. Se non mi porti nulla di concreto, per me il caso è chiuso!".

Alessandra convocò di nuovo in ufficio l'ex fidanzato della vittima, Michele Santini, per alcuni chiarimenti.

"Signor Santini, lei ci ha detto che la sera del delitto aveva telefonato alla vittima poco prima che fosse uccisa, dai tabulati telefonici risulta la sua chiamata alle 18:27. La telefonata è durata circa 40 secondi. Ricorda cosa vi siete detti?".

"Commissario, non c'è molto da ricordare: le ho detto che ero davanti al portone di casa sua, di farmi salire, ma lei ha minacciato di chiamare la polizia se non fossi andato via subito".

"Ricorda se il portone era aperto o chiuso?".

"Era chiuso, se no sarei entrato".

"E a quel punto cos'ha fatto?".

"Gliel'ho detto: sono andato al giardinetto di fronte e mi sono seduto su una panchina, a pensare".

"Qualcuno l'ha vista? C'era per caso una signora con un cappello rosso che aveva un cane con un vestitino rosso? Ha visto qualcun altro entrare nel palazzo?", chiese ancora Alessandra.

"No commissario, non c'era nessuno, e comunque dalla panchina del giardinetto non si vede l'ingresso del palazzo. Gliel'ho detto, ho incrociato solo un motorino che passava quando mi sono alzato dalla panchina e sono andato via. Non so dire che ora fosse, sarà stato cinque minuti dopo".

"Quindi tra le 18:30 e le 18:35. Andando via, per strada, ha incrociato per caso quest'uomo?", chiese Alessandra mostrandogli una foto del Marelli.

"No".

Alessandra andò a fare una visita alla sede della Johnston & sons, dove fu accolta con cordialità dal presidente De Vita.

"Commissario buongiorno! Spero mi porti buone notizie! Ha confessato l'amante?".

"Buongiorno dottor De Vita, per ora no, siamo in cerca di altri riscontri. Se non le dispiace vorrei parlare con alcuni dei suoi impiegati, quelli che conoscevano meglio la vittima. La signora Rossetti c'è?".

"Sì certo, l'accompagno nel suo ufficio". Alessandra salutò la segretaria della vittima, che aveva un'aria molto malinconica. Di tutte le persone che aveva incontrato in quei giorni, sembrava l'unica realmente addolorata per la morte della Filiberti, l'unica che ne sentisse davvero la mancanza.

"Buongiorno signora Rossetti, come sta?".

"Buongiorno commissario, si cerca di ricominciare... sa, non è facile lavorare tutti i giorni avendo davanti agli occhi questa scrivania vuota", rispose la segretaria senza riuscire a trattenere una lacrima che le rigò il viso.

"Certo la capisco. Senta signora, vorrei farle ancora qualche domanda sulla sua amica Lorenza. Sa se per caso aspettava altre visite, prima della cena col Marelli? Sa dirmi se doveva vedere qualcun altro o se potrebbe aver aperto la porta a uno sconosciuto?".

"Non so se aspettasse qualcun altro, non me ne ha parlato, ma sicuramente non avrebbe mai aperto a uno sconosciuto! Era molto prudente, attenta a ogni cosa".

"Come si vestiva la signora? Era una donna elegante, curata, in particolare quando aveva un appuntamento galante?".

"Certo commissario! Era una donna sempre molto attenta ai dettagli, sempre ben vestita e curata. E anche la casa era così, mai nulla fuori posto, sempre la cosa giusta al posto giusto e al momento giusto. Non dimenticava mai nulla, era molto abitudinaria, si alzava tutte le mattine alle sette, arrivava in ufficio puntuale alle 8:30, pranzava sempre alle 12:30 e cenava alle 19:30. Se ne vantava, diceva che la sua vita regolare, con orari rigidi, era alla base del successo nel lavoro. Beh, anche se non era una grande cuoca: mangiava solo insalate e cibi già pronti o surgelati", rispose la signora Rossetti, per un attimo accennando un sorriso malinconico al ricordo di quelle parole.

Nell'ufficio a fianco c'era il responsabile affari legali della banca, l'avvocato Cardone, un anziano signore prossimo ormai alla pensione, che era anche la persona che da più tempo lavorava in quella banca. Fronte rugosa, calvo, con cespugli di capelli bianchi sopra le orecchie, su cui poggiavano dei sottili occhialini, alla fine dell'anno avrebbe lasciato il suo posto di lavoro al figlio. "Sì commissario, io sono qui praticamente da sempre!", sorrise con fierezza, e poi continuò: "Le ho vissute tutte, dagli anni '80 in poi, tangentopoli, la crisi argentina e adesso la crisi attuale. Ho lavorato per più di vent'anni al servizio del dottor Ferdinando De Vita, prima che arrivasse suo figlio Carlo. Eh, quelli erano gli anni d'oro della nostra banca, grand'uomo il dottor Ferdinando, era un mago della finanza, un uomo capace, rispettato da tutti! Aveva un'unica debolezza, se così si può dire, era un donnaiolo e probabilmente fu questa la causa dell'infarto che se lo portò via dieci anni fa", sospirò l'avvocato, e poi continuò: "D'altronde, con tutti i guai che ha passato, capisco che ogni tanto cercasse di farsi consolare da qualche donna".

"Perché, che guai? Mi racconti", chiese incuriosita Alessandra.

"Beh, come saprà il dottor Ferdinando si trasferì a Milano nel '78, dopo che la moglie morì per una brutta malattia. Si risposò quasi subito con un'altra donna, che i maligni dicevano fosse già la sua amante prima della morte di sua moglie, e mandò il figlio a studiare prima in Svizzera e poi in America, all'università. Ma poi morì anche questa donna! Il povero signor Ferdinando rimase per la seconda volta vedovo e in più aveva rotto i rapporti con Carlo, che era il suo unico figlio, o meglio, Carlo aveva rotto con lui, poiché dal '94 non ha più risposto alle sue lettere, ha cambiato indirizzo e si è reso irreperibile. Fino a quando, nel 2002, il signor Ferdinando morì, e allora il figlio fu rintracciato, tornò in

Italia, e poiché il consiglio d'amministrazione era in disaccordo per eleggere il successore, a qualcuno venne l'idea di proporre proprio Carlo, per evitare una frattura all'interno del C.D.A. e dare continuità al lavoro del padre, che era comunque stato l'unica figura carismatica e stimata da tutti".

L'avvocato Cardone raccontava quella storia col tono nostalgico con cui i vecchi raccontano il loro passato. Come se il presente non lo interessasse allo stesso modo. Poi si ricordò del motivo per cui il commissario era lì, e allora fece uno sforzo per tornare con la mente al presente, e disse: "Eh brutta storia quella della signora Lorenza! Era una donna in gamba, precisa e integerrima nel suo lavoro. Peccato si fosse trovata un uomo sposato, per poi finire così! Una volta queste cose non succedevano, perché le mogli facevano le mogli e le amanti facevano le amanti senza pretendere di prendere il posto delle mogli!".

CAPITOLO 7

"Le mogli facevano le mogli e le amanti facevano le amanti senza pretendere di prendere il posto delle mogli". Questa frase rieccheggiava ancora nella mente di Alessandra provocando uno stato d'animo in cui si alternavano rabbia e impotenza. Rabbia, perché il pensiero diffuso in una società ancora troppo maschilista portava a dividere le donne in due categorie: mogli e amanti, senza considerarle prima di tutto donne. L'avvocato le aveva separate nello stesso modo in cui si separano i calzini dalle mutande. Impotenza, perché quando sui giornali appaiono dichiarazioni di esponenti di alcune istituzioni, secondo i quali la colpa della violenza sulle donne sarebbe da attribuire al comportamento delle donne stesse, colpevoli di provocare e istigare l'uomo, allora ci si rende conto che per l'umanità è stato più facile andare su Marte piuttosto che cambiare una mentalità così radicata. Certi pensieri non erano punibili penalmente, eppure generavano crimini o, nel migliore dei casi, assolvevano i colpevoli. E ora la foto di uno di quei crimini era sotto i suoi occhi: osservava il cadavere della donna: era stesa sul pavimento, con una felpa, il pantalone della tuta e scarpe da tennis, faccia a terra, brutalmente colpita alle spalle... non si danno le spalle a un nemico da temere. E poi c'era un'altra foto della Filiberti, nel pieno della sua vitalità: elegante, magra, dai capelli vaporosi rosso rubino, occhi verdi dallo sguardo enigmatico e un sorriso indecifrabile, simile a quello della Gioconda.

"Farina, ricapitoliamo la situazione", disse Alessandra, come se si fosse improvvisamente risvegliata dai suoi pensieri. "Allora: Santini, l'ex fidanzato della Filiberti, dice di essere stato sotto casa sua alle 18:27 e di aver parlato con lei al telefono (quindi era ancora viva), e che il portone era chiuso. Poi, di essere rimasto per cinque minuti al giardinetto di fronte al palazzo, da dove però non si vede l'ingresso, e di non aver visto né passanti né cani. Andando via ha incrociato un motorino. Marelli, l'amante, dice di essere arrivato circa alle 19:30 e che il portone era aperto; dice, inoltre, di aver visto al giardinetto una signora con un cappello rosso e un cane col vestitino rosso. La segretaria della vittima ha descritto la Filiberti come una donna dagli orari rigidi e regolari, cenava sempre alle 19:30, era sempre elegante e ben curata, mai nulla fuori posto, sempre la cosa giusta al posto giusto e al momento giusto. Allora io mi chiedo: com'è possibile che una donna così riceva il suo amante vestita con una tuta da casa e scarpe da tennis? Com'è possibile che una persona che cena rigorosamente alle 19:30 non abbia ancora né apparecchiato la tavola né cucinato nulla?".

"Vuol dire che è stata uccisa molto prima delle 19:30!", osservò Farina.

"Esattamente! Prima che potesse iniziare a prepararsi e prima di iniziare a cucinare, quindi questo escluderebbe Marelli!", incalzò Alessandra.

"Oppure Marelli potrebbe aver mentito sugli orari ed essere andato lì prima delle 19!", ribatté Farina.

"E perché mai? Avevano appuntamento alle 19:30, se Marelli avesse deciso di anticipare avrebbe senz'altro avvisato la Filiberti e invece tra i due non risulta nessun contatto telefonico in quel giorno!".

"E allora chi è stato? Santini?", chiese Farina.

"No, se fosse stato lui avrebbe avuto fretta di allontanarsi dal luogo del delitto, per cui non si sarebbe inventato di essersi fermato al giardinetto da solo e senza testimoni. Nella sua deposizione si sarebbe collocato lontano dal luogo del delitto, certamente non di fronte al portone!", osservò Alessandra, e continuò nel suo ragionamento: "Santini arriva alle 18:30 circa e il portone è chiuso. Marelli arriva alle 19:30 e il portone è aperto: io credo che tra le 18:30 e le 19:30 ci sia stato qualcun altro e che nella fretta di andar via abbia lasciato il portone aperto, perché quel portone, come spesso succede in tanti condomini, non si chiude da solo, ma ha bisogno di essere accompagnato manualmente. Una persona che ha fretta di andar via non perde neanche un secondo in più per soffermarsi a chiuderlo".

"Vabbè commissario, ma non abitava mica solo la Filiberti in quel palazzo! Potrebbe essere entrato o uscito chiunque per far visita a un altro condomino!", contestò Farina.

"Giusto! Consideri però che quel giorno l'ottanta per cento degli abitanti del palazzo era partito per il ponte, per cui non ci sarà difficile parlare con quel venti per cento rimasto e sapere chi ha ricevuto visite o chi è tornato a casa tra le 18:30 e le 19:30, dimenticando di chiudere il portone. Quindi, per prima cosa, andremo a farci un giro nel condominio".

Ma Farina obiettò: "Commissario, per prima cosa andiamo al bar a bere un caffè e poi andiamo a farci il giro al condominio!".

"Ahahah, ok, ok!", rise Alessandra, ma, proprio mentre stavano per uscire dall'ufficio, furono fermati da un agente che li avvisava della presenza di una donna che voleva denunciare la scomparsa del suo convivente.

"La faccia entrare", ordinò all'agente, mentre, rivolgendosi al suo vice, aggiunse: "Farina, ci pensi lei, per favore".

La donna in questione era una ragazza minuta, dall'aspetto timido, un po' ingenuo, per niente bella, vestita in modo un po' trasandato e con i capelli in disordine; la pelle del viso era rovinata da brufoli, e dai suoi piccoli occhi marroni traspariva una grande agitazione per la scomparsa del suo fidanzato, che da tre giorni non era più tornato a casa ed era irreperibile. Al telefono irraggiungibile e nessuna notizia, nessuno sapeva dove fosse, né i familiari né gli amici.

"Si chiama Mauro, Mauro Bertone, ha 27 anni, è sparito da venerdì... Questa è una sua foto". La ragazza mostrò un'immagine in cui ciò che balzava subito agli occhi era il fisico muscoloso e atletico del fidanzato; capelli biondi a spazzola, barba incolta, sguardo seducente e sorriso malizioso: Bertone era un ragazzo decisamente appariscente, contrariamente alla sua compagna, e la differenza fu subito notata dagli agenti, che con un sorrisino ironico pensarono a un allontanamento volontario: "Con una fidanzata così me ne scapperei anch'io da casa! Vedrai che quello se n'è andato via con un'altra" sussurrò l'agente Marotta. Alessandra udì quel commento, che non era altro che l'ennesima conferma alle considerazioni che aveva appena fatto sul maschilismo della società. Infastidita dalla solita battuta da caserma, cambiò idea e decise di prendere lei il controllo della situazione: "Farina, vada pure a bere il caffè, non si preoccupi, alla signora ci penso io!".

Non fu un gesto di sfida, ma semplicemente la paura che la donna non ricevesse la giusta attenzione.

"Mi dica signora", chiese Alessandra, "c'è stato un litigio tra voi o qualcosa che possa averlo fatto allontanare da casa? Doveva incontrare qualcuno, le ha detto qualcosa, a che ora è uscito da casa l'ultima volta che l'ha visto?".

"Commissario, è andato via a mezzogiorno perché aveva appuntamento con certe persone... Io temo si sia cacciato in qualche guaio. Lui si cacciava sempre nei guai, non aveva un lavoro fisso, si arrangiava con tanti lavoretti e frequentava amici poco raccomandabili. Un paio di mesi fa mi disse che gli avevano proposto un lavoro grosso e che presto avrebbe guadagnato un sacco di soldi e ci saremmo comprati una casa, ma poi, invece, andò a fare il garzone di un supermercato! Io ho pensato meglio così, almeno è un lavoro onesto. Ma poi ho visto che continuava a frequentare quella gente e non vorrei si fosse cacciato in qualcosa di più grande di lui".

"Signora, conosce i nomi degli amici poco raccomandabili con cui aveva appuntamento il suo fidanzato?".

"No commissario, Mauro mi teneva all'oscuro dai suoi 'affari' e io volentieri ne restavo fuori: ero preoccupata per lui e gli dicevo di lasciar perdere quelle amicizie, ma non è servito".

Intanto l'Ispettore Farina era andato al palazzo della Filiberti e, insieme a un agente, stava ascoltando gli unici quattro inquilini presenti in casa la sera del delitto. Nessuno di loro aveva ricevuto visite tra le 18:30 e le 19:30, nessuno di loro era uscito, anche perché in maggioranza si trattava di persone anziane o di famiglie con bambini, che con il freddo e i marciapiedi scivolosi a causa della neve non avevano nessuna intenzione di mettere il naso fuori dalla porta! Al terzo piano c'erano i coniugi Bortolacci, con tre bambini tra i 2 e i 10 anni; non erano usciti e non avevano ricevuto visite. Al quarto piano le sorelle Marini, due anziane signore di 70 e 74 anni; anche loro non avevano ricevuto visite e non si erano mosse da casa. Al settimo piano c'era il signor Tosi, un generale in pensione, 80 anni, mezzo sordo; aveva trascorso quella domenica pomeriggio come al solito: in compagnia esclusivamente della badante, davanti alla tv a un volume che rendeva impossibile percepire qualunque rumore esterno. Probabilmente non avrebbe sentito nulla, neanche se la Filiberti fosse stata uccisa a colpi di cannone. Nell'altra scala, al secondo piano, c'era la signora Bonelli, una donna di 50 anni, divorziata, che viveva con la figlia di 14, una ragazzina che aveva l'abitudine di ascoltare musica rock a tutto volume e che il giorno del delitto sarebbe dovuta uscire proprio alle 19:30, ma aveva disdetto l'appuntamento col fidanzatino perché si era ammalata ed era a letto con la febbre. Insomma, tra le 18:30 e le 19:30 non era passato nessuno attraverso quel portone... Nessuno tranne l'assassino.

Alessandra raggiunse finalmente il condominio ma, visto che si era già occupato di tutto Farina, decise di fare un sopralluogo esterno. Al pianterreno del palazzo c'era un ristorante, che però la domenica era chiuso, quindi il giorno del delitto non poteva esserci nessuno. L'edificio era ad angolo con un'altra strada, girando intorno, sul retro dell'isolato c'era un cestino della spazzatura; la sera del delitto, gli agenti avevano rovistato anche lì ma, non sapendo bene cosa cercare, è difficile che potessero trovare un'ipotetica arma del delitto, senza conoscerne neanche la forma. E comunque mattoni non ne avevano trovati. In quel punto il marciapiede era ricoperto da una grata in ferro, che lasciava intravedere un garage sotterraneo. Tornò indietro e fece un giro al giardinetto di fronte al palazzo, si sedette sulla panchina e in effetti verificò che da quella posizione il portone non era visibile. Si alzò, erano circa le 18:30, camminò verso il marciapiede e, a un certo punto, la sua attenzione fu attirata da una donna che usciva dal portone di un altro palazzo: era una donna grassoccia di mezza età, con un cappello rosso, che portava al guinzaglio un cane con un vestitino rosso! "Tinny, vieni qui!", urlò la donna al cane, che con decisione si recava verso il giardinetto, come se già sapesse dove andare. Alessandra osservò la scena, aspettò che la donna entrasse nel giardinetto e poi la raggiunse.

"Signora, permette una parola?", le disse mostrandole il tesserino, e poi continuò: "Lei viene qui col suo cane tutti i giorni?".

"Sì certo, due volte al giorno, la mattina prima di andare al lavoro e la sera, verso quest'ora, quando torno a casa". "E quanto dura la sua passeggiata?".

"Di solito 15-20 minuti", rispose la donna.

"Era qui anche domenica 9 dicembre, il giorno in cui c'è stato l'omicidio in quel palazzo?".

"Ah, è per quella povera ragazza che lei è qui allora... ma ho letto sui giornali che avete già preso il colpevole, è stato il suo amante, vero?", chiese la donna con curiosità morbosa.

"Signora, lasci perdere i giornali e risponda alla mia domanda: si ricorda se anche quella sera lei era qui?".

"Sì, certo, i cani vanno portati tutti i giorni a fare i bisogni!".

"Ha visto per caso un uomo seduto su quella panchina?".

"No commissario, non c'era nessuno... aspetti però, quella sera ricordo che mi si era allagato il bagno, colpa della lavatrice, è vecchia e devo cambiarla, ma non posso permettermi questa spesa, perché ho ricevuto una lettera di licenziamento... dopo vent'anni di onesto lavoro ci lasciano a casa! A fine mese sarò una cinquantenne senza un'occupazione e senza un futuro", rispose la signora, di colpo rabbuiandosi. Alessandra, pur toccata dallo stato d'animo della donna, fu costretta a riportarla sul discorso che aveva interrotto:

"Signora, mi diceva che quel giorno si era allagato il bagno, e quindi cos'ha fatto?".

"Si, scusi lo sfogo commissario. Dunque, quel giorno si è allagato il bagno mentre stavo per scendere, e quindi ho dovuto prima asciugare e pulire tutto e si sono fatte circa le 19:15... sì, doveva essere circa quell'ora quando sono uscita".

"Signora, si ricorda di aver visto un uomo passare dalla strada e andare verso il portone di quel palazzo?".

"Non saprei commissario, quando sono nel giardinetto curo solo la mia Tinny, non guardo la strada", rispose la signora rivolgendo alla sua cagnolina uno sguardo pieno di tenerezza, come fosse una figlia.

"Grazie signora, mi è stata molto utile, mi lasci le sue generalità e venga domani in commissariato, così metteremo per iscritto questa sua dichiarazione".

Quella donna, involontariamente, costituiva l'alibi di Marelli, che quindi aveva detto la verità: era davvero andato a casa della sua amante alle 19:30 e La Filiberti sicuramente era stata uccisa molto prima, per cui l'assassino doveva essere qualcun altro.

La sera Alessandra tornò a casa tardi e, prima di pensare alla sua cena, dovette pensare a quella del suo gatto George. Di solito se ne occupava Mimmo, ma quel giorno era a letto con la febbre a 39. Non si capiva se si fosse ammalato a causa della neve o a causa di un'altra sconfitta del Napoli. Perdere a San Siro dall'Inter si poteva anche accettare, ma perdere in casa col Bologna, facendosi rimontare due goal negli ultimi cinque minuti nemmeno nei suoi peggiori incubi avrebbe potuto immaginarlo!

"Come sta Mimmo?", chiese Alessandra.

"Ora sta riposando, c'è giù Simona a prepararlgi una minestrina calda", rispose Federica, che era salita al piano di sopra a sentire da Alessandra le ultime novità sul caso. Le due donne erano nell'ampia cucina, sedute su comode sedie, davanti al tavolo rettangolare di marmo su cui era appoggiato il computer portatile. Le credenze di colore blu, dal design moderno e funzionale, contenevano nei loro spazi anche una piccola tv e un mini impianto stereo che facevano compagnia al forno a microonde. Alessandra utilizzava la cucina come un salotto, sia perché spesso tornava a casa solo per mangiare e dormire sia perché il vero padrone del salotto era ormai diventato George, che da tre anni aveva preso possesso del divano, sfilacciandone sempre di più i cuscini nonostante la protezione di un copridivano di stoffa rosso, che a sua volta era perennemente ricoperto di peli. E così, padrona e gatto sembravano avere un tacito accordo: a te il soggiorno, a me la cucina, e mentre mangio non voglio essere disturbata!

"Quindi pensi che sia stato qualcun altro. Ma se la Filiberti non aspettava nessuno, e non apriva a nessuno, dici che conosceva l'assassino?", chiese Federica.

"Abbiamo esaminato agende e telefono della vittima, non risultano altri appuntamenti, né telefonate o sms che lascino supporre un incontro non previsto. Scusa Fede, già che sei in piedi vicino al frigo, mi prenderesti per favore la lasagna surgelata che è nel freezer? Così la metto nel microonde, che stasera non ho la forza di cucinare niente".

Federica aprì lo sportello del freezer, prese la lasagna, ma estraendola le scivolò dalla mano e cadde per terra colpendole un piede. Lanciò un urlo di dolore.

"Che è successo?", chiese preoccupata Alessandra, girandosi di scatto dopo l'urlo di Federica.

"Mamma mia che male", sospirò Federica adagiandosi su una sedia, "meno male che avevo questi scarponi, fossi stata in ciabatte mi sarei rotta un piede! Pensa te, una lasagna surgelata peggio di un mattone!".

Alessandra restò impietrita all'udire questa frase e poi, come se avesse avuto un'illuminazione, esclamò: "Una lasagna surgelata!".

Prese il cellulare e chiamò immediatamente l'ispettore Farina.

"Pronto, Farina, è ancora in ufficio?".

"Stavo per andare via. Che succede commissario, ha bisogno di qualcosa?".

"Sì, Farina, è importante. Credo di aver scoperto una cosa. Tra le foto scattate sulla scena del crimine, mi cerchi quella che riprende gli oggetti sul tavolo".

"Subito commissario, eccola qui, cosa vuol sapere?".

"Farina, c'era uno scontrino della spesa? Mi faccia un ingrandimento del dettaglio e mi legga tutto quello che c'è scritto su!", chiese con impazienza e agitazione Alessandra.

"Allora, 6 bottiglie d'acqua minerale, 2 etti di prosciutto crudo, una mozzarella, dei piselli surgelati, insalata, carote, una lasagna surgelata".

"Una lasagna surgelata!", esclamò Alessandra, e poi continuò: "Farina, si è chiesto tutta questa spesa dov'è finita? In casa c'erano solo le 6 bottiglie d'acqua. E il resto dov'è? Abbiamo ispezionato anche il frigo, e non c'era nulla di tutto ciò. Farina, la spesa è sparita perché nella borsa della spesa c'era l'arma del delitto: non era un mattone, era una lasagna surgelata!".

CAPITOLO 8

Il giorno dopo Alessandra trovò conferma alla sua teoria da uno degli agenti:

"Mi scusi commissario, quella sera ho visto dei surgelati buttati nel cestino, sul retro del ristorante, e ho pensato 'guarda 'sti disgraziati cosa danno da mangiare ai loro clienti!'", si giustificò il poliziotto.

"Certo, anch'io al suo posto avrei pensato male del ristorante! Stia tranquillo, vada a bere un caffè", lo confortò Alessandra, che poi si rivolse al suo vice: "Farina, lei invece viene con me!".

"Dove andiamo commissario?".

"A fare la spesa!".

Dopo aver prelevato lo scontrino dalla scena del crimine, si recarono in via Washington, nel supermercato in cui era stato battuto, esattamente alle ore 10:33 del 9 dicembre.

La signora Filiberti non aveva la patente, si muoveva in taxi o con l'autista e l'auto aziendale, ma solo per lavoro. Come aveva fatto a portare da sola tutta quella spesa? Qualcuno l'aveva accompagnata? Arrivati al supermercato, andarono in ufficio a parlare col direttore, che notò subito una cosa: "Questo scontrino appartiene a una spesa consegnata a domicilio, ecco qui, risulta consegnata domenica 9 dicembre, tra le ore 18 e le 19, alla signora Filiberti, ecco, questa è la ricevuta con la firma di avvenuta consegna!".

Alessandra guardò Farina con la soddisfazione di chi sa di aver fatto centro, prese la ricevuta e poi chiese al direttore: "Ci può chiamare per favore il garzone che ha consegnato la spesa?".

"Sì certo, ora vedo chi è, allora, ah!", esclamò il direttore con disappunto, e poi continuò: "purtroppo questo ragazzo è irreperibile da 5 giorni. Non si è più presentato al lavoro e ha il cellulare spento, si chiama Mauro Bertone".

"Mauro Bertone!", esclamò Alessandra, "Il ragazzo scomparso!".

Erano di nuovo al commissariato e si stavano attivando per intensificare le ricerche del ragazzo. Non era più una qualsiasi persona scomparsa ma, probabilmente, era l'assassino della signora Filiberti. Quello che non era ancora chiaro era il movente: perché il garzone di un supermercato dovrebbe uccidere un cliente? Aveva agito da solo o per conto di qualcun altro? Ed eventualmente, per conto di chi?

Farina, intanto, aveva fatto consegnare alla scientifica una lasagna uguale a quella acquistata dalla vittima, in modo da avere un primo riscontro sulla compatibilità della presunta arma con la ferita.

A questo punto servivano al più presto i tabulati telefonici, per cercare di localizzare, o quantomeno ricostruire, gli spostamenti del garzone.

Alessandra e il suo vice si recarono a casa della donna che aveva fatto la denuncia, Valentina Porri. La ragazza e il fidanzato scomparso abitavano in una piccola casa di ringhiera, un bilocale in via Lorenteggio.

L'appartamentino dava subito l'idea di essere abitato da una giovane coppia con poca disponibilità economica: il soggiorno con angolo cottura era riempito da un divano e un tavolino a basso costo comprati all'Ikea, così come lo era il piumone variopinto, che dava un tocco di colore e di freschezza alla buia e opprimente camera da letto.

"Signora, temiamo che il suo ragazzo si sia cacciato davvero in un bruttissimo guaio, per cui deve dirci tutto quello che le viene in mente, anche il più piccolo dettaglio insignificante. Si ricorda con precisione in quale giorno le ha detto che doveva fare un lavoro grosso, con cui vi sareste comprati una casa? Cerchi di fare uno sforzo".

"Commissario, è stato a fine ottobre, mi sembra... forse durante il ponte di Ognissanti. Mi disse che aveva incontrato un vecchio amico in palestra e che gli aveva parlato di una cosa grossa, in cui c'erano da guadagnare tanti soldi".

"Signora, non le ha detto il nome di questa persona? L'ha mai sentito, anche solo di sfuggita, nominare qualcuno o qualcosa in una conversazione telefonica?", chiese Alessandra.

"Non ricordo. Mi sembra di aver sentito una volta il nome 'Franco', ma non mi viene in mente altro. In realtà io facevo di tutto per non ascoltare, per non sapere, non volevo sapere", rispose Valentina.

"Signora, sappiamo che il suo fidanzato risulta incensurato, ma se ci dice in quali casini si è cacciato in passato, magari facciamo prima", intervenne Farina con decisione.

"Beh, quando l'ho conosciuto, cinque anni fa, lui lavorava in una palestra. Era esperto in arti marziali, ma poi ha avuto dei problemi col doping e quindi ha perso il lavoro. L'hanno mandato via dalla palestra senza denunciarlo, perché il proprietario non voleva scandali, e da allora non ha più avuto un lavoro stabile. Nell'ambiente sportivo si era sparsa la voce e, quindi, non lo voleva più nessuno. Ormai nelle palestre poteva andarci solo come cliente. A quel punto ha dovuto arrangiarsi a fare mille lavori, ma a lui interessavano solo i soldi e quindi ha iniziato a frequentare persone poco raccomandabili, che ogni tanto gli davano qualcosa da spacciare", terminò di raccontare la ragazza, con la voce tremolante e l'incertezza di chi non sa se con queste rivelazioni compromettenti sta tradendo l'uomo che ama o se gli sta salvando la vita.

"Signora, una settimana dopo averle parlato di questo lavoro che vi avrebbe cambiato la vita, è stato assunto come garzone di un supermercato? Non le è sembrato strano? Non è che questo lavoro era solo una copertura, per poi fare l'altro con cui avrebbe potuto comprare una casa?", chiese Alessandra.

"Commissario, sì che mi è sembrato strano, può darsi che sia come dice lei, anche perché quell'individuo ha continuato a frequentarlo anche dopo".

"Si ricorda a che ora è tornato a casa domenica 9 dicembre e se ha notato qualcosa di strano in lui?", chiese ancora Alessandra.

"Mi faccia ricordare... ah sì, quella domenica mi ha detto che sarebbe tornato tardi a casa, perché dopo il lavoro sarebbe andato direttamente allo stadio con un amico a vedere la partita dell'Inter. Difatti è tornato molto dopo mezzanotte e, in effetti, sì una cosa strana l'ho notata: aveva un pantalone diverso da quello che indossava la mattina quando è uscito di casa. Gli ho anche chiesto che fine avesse fatto il suo e mi ha risposto di essersi rovesciato la birra addosso e che quindi l'amico gli aveva prestato un pantalone pulito. Ma quello sporco non lo aveva dietro e non l'ho più rivisto. Ma perché mi chiedete del 9? Lui è sparito il venerdì 14! Era molto nervoso perché aveva un appuntamento importante, e non poteva prendere il suo motorino, perché stava nevicando forte. È andato via a mezzogiorno e non è più tornato", scoppiò a piangere la ragazza.

"Signora, ci lasci dare un'occhiata alle sue cose. Questa è la vostra stanza? Qual è il pantalone che gli aveva prestato l'amico?", chiese Alessandra.

"Non c'è, gliel'ha ridato, mi sembra proprio venerdì, quando l'ho visto uscire per l'ultima volta", rispose la ragazza.

Farina diede un'occhiata in giro, ma apparentemente non c'era nulla che potesse interessarli.

"Non avete un computer in casa?", chiese Farina.

"No, io lo uso solo in ufficio e Mauro ha l'iPhone".

"Si ricorda quel giorno in cui è tornato col pantalone dell'amico cos'altro aveva indosso? Ci può mostrare i vestiti per favore?", chiese Alessandra.

"Mi sa che sono gli stessi che indossava quando è uscito venerdì", rispose la ragazza. Farina fece prelevare dagli agenti alcuni vestiti sporchi del ragazzo e poi alcuni oggetti personali dal bagno, in modo da poterne ricavare il dna. Fecero portar via anche il suo motorino, per farlo analizzare e per cercare qualsiasi traccia utile all'indagine. La ragazza non capiva il perché di tutto questo, ma lasciava fare, tanto non aveva più niente da perdere. Aveva capito che Mauro era ricercato dalla polizia per aver commesso qualcosa di grave, anche se non immaginava si trattasse di omicidio, ma era decisa a collaborare, perché l'unica cosa che le interessava era ritrovare il suo fidanzato prima che fosse troppo tardi.

Dai primi esami dei tabulati telefonici, ogni traccia del cellulare si era persa dalle 16 in poi di quel venerdì 14 dicembre. L'ultima cella telefonica a cui risultava essersi agganciato era a Lugano. Aveva dunque oltrepassato il confine e poi era svanito nel nulla. Fuga volontaria? Doveva vedersi con qualcuno? L'aveva obbligato qualcuno? Farina si occupò di contattare la polizia del Canton Ticino e inviò una mail con la foto del ragazzo scomparso.

La ragazza aveva affermato che Mauro era uscito portando con sé il pantalone prestatogli dall'amico con cui era andato allo stadio, segno che il venerdì in cui era scomparso era in compagnia della stessa persona. A questo punto bisognava verificare se risultava il nominativo di Mauro Bertone tra i biglietti venduti per quella partita, e chi era seduto nei posti a fianco a lui.

"Ormai i biglietti delle partite sono nominali e quindi non si entra a San Siro se il nome sul documento non corrisponde a quello stampato sul biglietto", affermò Farina.

"Speriamo solo che allo stadio ci siano andati davvero e che non sia una balla che ha raccontato alla fidanzata!", ribatté Alessandra.

Il PM Corrado Marchetti era comodamente seduto sulla poltrona del suo ufficio e ascoltava divertito la ricostruzione del delitto e tutti i nuovi sviluppi del caso.

"Cosa ci trovi da ridere?", chiese indispettita Alessandra.

"Ma no, niente, ma capirai anche tu che non mi era mai successo in vent'anni di carriera che una vittima fosse uccisa con una lasagna surgelata!".

"Certo, e non ti sarebbe neanche mai successo se ti avessi dato retta e avessi chiuso il caso incolpando Marelli!".

Marchetti incassò la frecciata, e la sua espressione tornò seria: "Dunque, come sarebbe andata secondo te?", chiese.

"Allora, il fatto che non ci siano impronte del garzone lascia supporre che il delitto sia stato premeditato, e con molta cura. Per me è andata così: Bertone viene contattato da qualcuno che gli propone un lavoro grosso, con cui si sarebbe potuto comprare una casa. Il che significa un lavoro da almeno 100.000 euro".

"Con 100.000 euro ti compri un monolocale in periferia!", puntualizzò Marchetti.

"Ok, ok! Comunque per pagare così tanto deve trattarsi di un omicidio, ma non di una persona qualunque. Se paghi un sicario questa cifra, vuol dire che ci sono in ballo milioni e milioni di euro, e che la Filiberti poteva costituire un intralcio".

"Ma i sicari uccidono con la pistola e il silenziatore, non con una lasagna surgelata!", obiettò il PM.

"Ai mandanti interessa che il lavoro sia pulito e non lasci tracce e, soprattutto, che non si riesca a risalire a loro, non gli importa di certo l'arma utilizzata!", ribatté Alessandra.

"Potevano manomettere i freni dell'auto e farlo sembrare un incidente", osservò timidamente Marchetti.

"Certo, se solo la vittima avesse avuto un'auto! Secondo te perché si faceva portare la spesa a domicilio?", incalzò Alessandra, che poi riprese con decisione: "Senti, lasciami finire e non interrompermi. Allora: il ragazzo viene contattato da qualcuno che lo conosce e sa che è un esperto in arti marziali, quindi sa perfettamente dove colpire a morte, con un colpo secco, lasciando pochissime tracce. Si fa assumere come garzone nel supermercato in cui ha l'abitudine di fare la spesa la Filiberti. Quella domenica la situazione è ottimale per colpire: il palazzo è mezzo vuoto perché sono tutti via per il ponte, per strada c'è poca gente e, inoltre, la donna aspetta a cena il suo amante, perfetto capro espiatorio su cui far ricadere la colpa. Ma un imprevisto rischia di far saltare il delitto perfetto: alle 18:30, sotto il palazzo della Filiberti, c'è il suo ex, Santini, che vuole vederla e le chiede dei soldi. Il portone è chiuso e lei non gli apre. Santini se ne va, si ferma cinque minuti sulla panchina del giardinetto e poi, attraversando la strada, dice di aver incrociato un motorino. Quel motorino era probabilmente quello dell'assassino. Bertone arriva, citofona, prende la spesa, sale in ascensore, nel frattempo indossa un paio di guanti in lattice, quelli che usano nei negozi di alimentari, per cui era facile per lui prenderne un paio dal supermercato. Suona il campanello, la Filiberti apre, lui appoggia subito le sei bottiglie d'acqua a fianco alla porta d'ingresso, dice alla donna che ha bisogno della firma sulla ricevuta e di non preoccuparsi, che pensa lui a portarle il resto della spesa sul tavolo. La Filiberti si gira di spalle, per andare a prendere la penna che è sul tavolo, il garzone come un fulmine tira fuori dal sacchetto la lasagna e le sferra un colpo secco alla nuca. Uno solo, mortale. Sapeva perfettamente dove colpire, visto che è un esperto in arti marziali. Rimette la lasagna nella borsa, richiude la porta di casa, corre a piedi per le scale (è al primo piano), in modo da essere sicuro di non incrociare nessun condomino in ascensore. Esce di fretta, senza accompagnare il portone, che quindi il Marelli, che sta per arrivare, troverà aperto. Bertone mette in moto, gira l'angolo e versa tutta la spesa nel cestino della spazzatura, sul retro del ristorante. Quella parte di marciapiede è ricoperta da una grata in ferro, perché sotto c'è un garage, quindi, nonostante il freddo, il calore dei fumi di scarico delle auto avrebbe presto sciolto i surgelati nella spazzatura. Dopo di che, si rende conto che rimettendo la lasagna nel sacchetto della spesa deve essersi sgocciolato un po' di sangue sul pantalone. Allora va dal suo amico e si cambia. Probabilmente il pantalone e i guanti sono stati buttati via da lì. Entrambi poi vanno allo stadio e continuano tranquillamente la serata. Il giorno dopo, per non destare sospetti, torna al lavoro, riporta la ricevuta con la firma falsa (forse fatta da lui stesso) e, come se niente fosse, continua a lavorare ancora fino a giovedì. Venerdì ha l'appuntamento in cui deve probabilmente riscuotere il pagamento e, a questo punto, ci sono due ipotesi: o prende i soldi e scappa da solo, con un altro telefono e documenti falsi, lasciando all'oscuro di tutto la fidanzata oppure qualcosa va storto e lo fanno sparire nel nulla".

"Sì, è plausibile, ma questo presuppone che la vittima fosse tenuta sotto controllo, qualcuno doveva sapere che aspettava Marelli per cena, per incastrarlo, chi lo sapeva?", chiese il PM.

"Beh, che io sappia, sicuramente la sua segretaria-confidente, ma ciò non esclude che potesse esserne a conoscenza anche qualcun altro", rispose Alessandra, a cui sembrava difficile credere che la segretaria potesse essere coinvolta nella vicenda. A un certo punto le squillò il cellulare, era Farina: "Commissario, bisogna che lei venga subito in ufficio! Ha telefonato la polizia cantonale, da Lugano. Stamattina è stato ripescato dal lago il cadavere di un uomo senza documenti e, dall'aspetto, pensano che si tratti di Mauro Bertone!".

CAPITOLO 9

Non era stato facile, per una ragazza di 25 anni, trovare la forza e il coraggio di recarsi al commissariato per visionare le foto di un cadavere, con lo stato d'animo di chi spera di non riconoscere in quelle foto la persona amata ma, allo stesso tempo, con la decisione di chi sa di non avere altra scelta e di dover affrontare inevitabilmente quel momento.

Valentina era una ragazza debole, cresciuta in una famiglia disagiata, con un padre alcolizzato e violento e una madre con seri problemi psichiatrici. Quel Mauro certo non era un santo, ma era stato la sua ancora di salvezza, la sua unica famiglia, la sua nuova vita. E ora non c'era più. Avrebbe potuto fare qualcosa per salvarlo? Avrebbe potuto vigilare meglio sulla sua vita, senza nascondere la testa sotto la sabbia per non vedere, per non sapere. E ora le toccava vedere e sapere tutto in una volta: vedere la foto del suo cadavere ridotto in quel modo, e sapere che il suo amato Mauro era un assassino. Sì, era proprio lui, quel tatuaggio sulla spalla che rappresentava il biscione dell'Inter era purtroppo suo.

In un paio di giorni la salma sarebbe arrivata in Italia e l'autopsia avrebbe fornito qualche dettaglio in più. Ma Alessandra non intendeva fermarsi ad aspettare risultati di analisi che spesso impiegano troppo tempo, tempo prezioso che poteva essere utilizzato per continuare le indagini, anche perché mancava una settimana al Natale e, in Italia, tutto ciò che non si riesce a fare prima del 24 dicembre viene rimandato al 7 gennaio.

"Mi sembra scontato che se continuiamo a cercare i mandanti dell'omicidio della Filiberti troveremo anche gli assassini di Bertone", sosteneva Alessandra. "Commissario, sono arrivate intanto le informazioni sui biglietti della partita: lunedì 3 dicembre sono stati acquistati due biglietti per Inter-Napoli del 9 dicembre, nel secondo anello rosso, e i documenti risultano a nome di Mauro Bertone, e di un tale Carmine Manzini, di cui può leggere qui i dati anagrafici", disse Farina, mostrando un primo foglio, "e qui invece il curriculum", continuò mostrando un altro foglio in cui c'erano notizie sul soggetto in questione:

"Bene, precedenti per spaccio di coca, truffa, sfruttamento della prostituzione. Insomma non si fa mancare nulla! Magari la Filiberti costituiva un ostacolo per qualche grosso affare illecito!", suppose Alessandra.

"Questo ci rimanda al suo lavoro e all'ambiente finanziario" suggerì Farina.

Era presente in ufficio anche il PM Marchetti, che ascoltava attento e rifletteva sul da farsi, quindi intervenne:

"Innanzitutto andate a prendere il Manzini, ammesso che sia ancora reperibile; vedo dai tabulati telefonici del Bertone che ci sono decine di chiamate tra loro due. Poi fatevi dare anche i tabulati del cellulare del Manzini, e vediamo chi sono i suoi referenti".

"Senti Corrado", lo interruppe Alessandra, "fino a che non verranno ufficializzate le ultime novità, i mandanti si sentiranno al sicuro e, quindi, potremo lavorare avendo un vantaggio su di loro. Per ora i giornali non sanno di questi sviluppi, e facciamo in modo che non trapeli niente e che nessuno riesca a collegare i due omicidi. Il Manzini, invece di arrestarlo e interrogarlo, una volta rintracciato, lo teniamo sotto controllo, così vediamo cosa fa, con chi si incontra, a chi telefona e tutto il resto. Deve sentirsi libero di muoversi senza sospettare nulla".

"Sì, forse hai ragione, anche perché credo che il Manzini sia un pesce piccolo, se dovessero accorgersi che abbiamo dei sospetti ci metterebbero poco a far fuori anche lui. Per ora è l'unico anello della catena a cui possiamo aggrapparci per trovare gli altri".

"Ah, a proposito", intervenne Farina, "hanno esaminato il portatile della Filiberti e c'è qualcosa di molto strano".

"Cosa c'è?", chiese Alessandra.

"Ecco, è proprio questo il punto: cosa non c'è. Non c'è nulla, è come un pc appena comprato, con i programmi e le impostazioni di fabbrica e nessun dato o file, nessuna attività registrata", rispose Farina.

"Ah! E l'altro computer?", chiese ancora Alessandra.

"L'altro lo stanno ancora esaminando, ma per ora non c'è nulla di rilevante".

"Bene. A questo punto riportiamo il portatile alla Johnston & sons".

Simona aveva avvisato Alessandra che il gattino George era stato male, per cui l'aveva portato da un amico veterinario che era in zona San Babila.

"Niente di grave, solo un po' di indigestione", la tranquillizzò Simona.

"Ascolta Simo, io sono alla Johnston & sons, vediamoci tra mezzora al bar all'angolo, così mi lasci George", propose Alessandra.

Negli uffici della banca, il commissario e il suo vice avevano riportato il computer portatile nell'ufficio della vittima e ora erano a colloquio con Giulia Rossetti, la segretaria.

"Signora, questo computer risulta quasi vuoto. Lei dice che la signora Filiberti lo utilizzava durante i viaggi; per cosa lo utilizzava?", chiese Alessandra.

"Beh, lo usava per inviare e ricevere mail, leggere documenti, avere informazioni di borsa, fare bonifici... queste cose qui insomma", rispose la segretaria.

"Le sembra normale che non ci siano file contenuti?" chiese ancora Alessandra.

"Beh, no, in effetti mi sembra strano. Mi faccia vedere", rispose la Rossetti e, aprendo il portatile, ebbe un attimo di esitazione.

"Che strano, avrei giurato che sul vetro del monitor ci fosse un leggero graffio, in realtà ne sono sicura, sì, una volta Lorenza urtò il computer con un bicchiere e il vetro del monitor si graffiò leggermente, ma qui il graffio non c'è... forse questo non è il suo computer!" affermò a quel punto la segretaria, dopo l'iniziale titubanza. Alessandra e Farina si guardarono e l'ispettore intervenne: "Mi scusi signora, ma ci ha detto lei che era il portatile della vittima!".

"Certo ispettore, perché credevo che lo fosse! Era sulla scrivania, il modello è identico, visto dall'esterno mi sembrava quello, ma ora che lo vedo dall'interno invece no, le impostazioni mi sembrano diverse e poi mi ricordo bene di quel graffio, e qui non c'è!".

"Signora, chi ha accesso a questo ufficio?", chiese Alessandra.

"Commissario, chiunque lavori qui, quindi una ventina di persone, più gli addetti alle pulizie".

"Signora", riprese Alessandra, che riteneva improbabile un coinvolgimento della Rossetti, "è possibile che qualcuno che lavora qui abbia fatto sparire il computer portatile della signora Filiberti per sostituirlo con un altro identico? Cosa c'è di importante in quel portatile? Un'altra cosa: chi, oltre a lei, era a conoscenza della cena che la signora aveva organizzato a casa sua, col suo amante?", chiese ancora Alessandra.

"Commissario, non saprei, cado dalle nuvole. Non posso pensare che qualcuno dei miei colleghi possa essere coinvolto in questa storia. Riguardo la cena, non so se qualcun altro ne fosse al corrente", rispose la segretaria, visibilmente incredula e confusa.

"Va bene signora, indagheremo. Non faccia parola a nessuno di questa storia del computer, ok? Nessuno!".

Alessandra e Farina uscirono dagli uffici della Johnston & sons per andare al bar all'angolo, dove Simona li stava aspettando con il gattino, e davanti al portone incontrarono il dottor Carlo De Vita, che stava rientrando in quel momento e li invitò a prendere un caffè.

"Ma che bel gattino! Come si chiama?", chiese De Vita a Simona, che era già seduta a un tavolo.

"Si chiama George, l'ho chiamato così in onore del mio cantante preferito: George Michael!", rispose con orgoglio Alessandra.

"Ma davvero? Anch'io ho sempre avuto una passione per George Michael! Pensi che grazie a una sua canzone, *Careless whisper*, da ragazzino ho conquistato una mia compagna di scuola!", rispose De Vita con il sorriso nostalgico di chi ricorda le proprie imprese di gioventù, e poi chiese: "Dunque commissario, ci sono novità?".

"Stiamo considerando tutte le ipotesi", rispose Alessandra, e poi continuò: "lei può dirci con quali persone e società aveva a che fare il lavoro della signora Filiberti?".

"Certo commissario, le farò preparare una lista, e mi tenga sempre aggiornato sulle indagini!".

Carmine Manzini era un uomo di 37 anni, capelli neri tirati indietro con il gel e raccolti in un piccolo codino, orecchini su entrambi i lobi, occhi scuri raramente visibili, in quanto portava degli occhiali da sole griffati anche con la pioggia. L'abbigliamento era casual, ma rigorosamente firmato, completato da un Rolex al polso e da numerosi tatuaggi che ricoprivano le sue spalle e i suoi addominali perfetti, che però non erano visibili d'inverno, se non a poche intime. Amava la bella vita, era conosciuto negli ambienti mondani poiché frequentava i locali più alla moda della movida milanese e, anni fa, venne colto in flagrante, proprio in una nota discoteca, mentre vendeva alcuni grammi di cocaina a un vip. Ormai non esisteva più la Milano da bere degli anni '80, ma la Milano da sniffare degli anni 2000. La sua professione ufficiale era quella di PR, ma evidentemente si serviva del suo lavoro legale per abbordare potenziali clienti per i suoi lavori illegali. Conosceva molti personaggi influenti e, se non erano interessati alla droga, poteva sempre procurare loro qualche fotomodella compiacente e desiderosa di far carriera.

Dopo aver inquadrato il genere di persona che avrebbero dovuto controllare, ad Alessandra venne in mente un'idea: "Se vogliamo sapere con chi ha a che fare, bisogna che qualcuno si infiltri in uno di questi locali, ma qualcuno che conosca bene questi ambienti mondani e sappia come muoversi... Uno come Mimmo!".

CAPITOLO 10

Carmine Manzini era stato messo sotto controllo, ma controllare un PR è quasi impossibile. Dai tabulati telefonici, le decine di chiamate tra lui e Bertone erano solo una goccia nel mare di contatti che il Manzini aveva. "Praticamente questo tipo fa più telefonate di Moggi!", esclamò ridendo Federica, citando un noto personaggio il cui nome era legato agli scandali del calcio.

"Eh già", sospirò Alessandra, mentre tra un calamaro e un gambero, a casa di Mimmo, si preparava un piano d'azione per non fermare le indagini nel periodo natalizio. Il fritto misto di pesce era il piatto preferito dal commissario e, oltre a stimolarle le papille gustative, le stimolava anche i neuroni.

"Tra l'altro", continuò Alessandra, "il giorno dell'omicidio del Bertone, Manzini non si è mai mosso da Milano, quindi è probabile che si siano solo incontrati, ma poi Bertone è stato portato in Svizzera dal suo assassino (o dai suoi assassini), mentre Manzini ha continuato a fare le sue telefonate restando in città, quindi non è stato lui, ma sicuramente sa chi è stato!".

"Ma io cosa dovrei fare in tutto questo?", chiese Mimmo.

"Niente di che... andare alle feste e agli eventi mondani organizzati dal Manzini, proporti come fotografo e conoscere i suoi amici, vedere chi frequenta...", rispose Alessandra.

"Sì, certo, cioè fare cose che faccio già", sorrise Mimmo, che poi precisò: "Te l'ho detto Ale, vado a tutte le feste che vuoi, qualsiasi giorno, a patto che non ci siano partite del Napoli!".

"Ti va bene che ora c'è la pausa natalizia, prima del 6 gennaio non ci sono partite!", intervenne Federica, tranquillizzando tutti.

Le vacanze di Natale trascorsero senza particolari novità o colpi di scena. Manzini sembrava conoscere mezzo mondo ed era veramente un'impresa ardua stargli dietro e controllare tutte le persone che incontrava; il cellulare era stato messo sotto controllo, ma nessuna telefonata sembrava rilevante ai fini dell'indagine. Probabilmente il suo ruolo era stato quello d'intermediario tra i mandanti dell'omicidio della Filiberti e l'esecutore materiale, eliminato poi a sua volta dagli stessi mandanti. Ma nel suo conto corrente non c'erano movimenti anomali, le cifre dei bonifici erano basse e non era plausibile che un intermediario, che per altro sapeva troppe cose, fosse pagato meno del killer che egli stesso aveva procurato! Qualcosa non quadrava, forse non c'entrava nulla con l'omicidio? Forse si trattava solo di un grosso equivoco? O forse mancava qualche tassello importante al puzzle?

"Cosa abbiamo finora di concreto su cui poter lavorare?", chiese Alessandra a Farina.

"Commissario, allora è confermata la compatibilità tra la forma della lasagna surgelata e la ferita mortale della Filiberti. Tra le impronte digitali rilevate nell'ascensore del suo condominio, ci sono anche quelle del Bertone, ma la cosa che lo inchioda è una piccolissima traccia ematica, che appartiene appunto alla Filiberti, e che è stata trovata sul motorino del ragazzo. Direi che non ci sono dubbi sulla paternità di questo omicidio: abbiamo il killer, ora dobbiamo trovare i mandanti!".

"Se troviamo il movente, automaticamente troveremo anche i mandanti!", fece notare Alessandra.

"Poi", continuò Farina, "abbiamo mostrato una foto del Manzini alla fidanzata del Bertone, che lo ha riconosciuto subito come il personaggio che aveva proposto il lavoro "grosso" al suo fidanzato!".

"Infatti, è questo che non quadra: è plausibile che chi ti offre un lavoro con cui ti puoi comprare una casa, di fatto non ci guadagni neanche i soldi per un garage?", si chiedeva Alessandra.

"Eh già, non fa una piega", annuì Farina, che poi continuò: "Bertone invece è morto per annegamento, ma ci sono i segni di una ferita alla testa. Deve aver prima ricevuto un colpo con un oggetto contundente e poi, dopo essere stato tramortito, è stato gettato nel lago".

"Della vita diurna del Manzini cosa avete visto finora?".

"Beh commissario, come potrà immaginare, per chi vive di notte, di giorno c'è ben poco da fare! Non esce mai di casa prima delle 16, spesso va in palestra oppure ha degli appuntamenti con personaggi che lavorano nel mondo dello spettacolo, ma questo fa parte del suo lavoro, e comunque nessuna delle persone da lui incontrate può essere riconducibile agli omicidi: ci sono manager di vip, musicisti, modelle... qui ho comunque tutte le foto che abbiamo scattato durante i suoi incontri".

"Bene, io invece ho qui le foto notturne, scattate da Mimmo durante le serate mondane: ci sono varie foto di gruppo, vedremo di capire tutte queste persone chi sono e cosa fanno nella vita, sperando che la fortuna ci assista!", si augurò Alessandra, che poi continuò: "Quindi questo individuo non si alza mai la mattina?".

"Una sola volta l'abbiamo visto uscire di mattina, per recarsi in Brera, agli uffici della S.I.A.E. (Società Italiana Autori Editori)".

"Ma quando va in palestra chi incontra, con chi parla?".

"Con tutti, ma con nessuno in particolare. C'è uno dei nostri che si è iscritto alla sua stessa palestra e lo tiene sotto controllo anche lì, ma non ha notato nulla di sospetto".

"E invece le analisi dell'altro computer della Filiberti? Come procedono?".

"Commissario, nulla di particolarmente rilevante, tranne una cosa un po' anomala, che è stata notata: sembra che sia stata cancellata una foto che in apparenza non mostra nulla di compromettente".

"Beh, ognuno di noi ogni tanto fa pulizia nel computer e butta via un sacco di file inutili!", fece notare Alessandra, ma Farina continuò: "Infatti, ma l'anomalia sta nel fatto che questa operazione è stata effettuata il lunedì 10 dicembre, cioè il giorno dopo l'omicidio!".

"Ah, allora, se qualcuno ha avuto così tanta fretta di controllare il pc della Filiberti e cancellare questa foto, evidentemente un motivo ci sarà! Andiamo a fare un'altra visitina alla Johnston & sons!".

La signora Rossetti accolse il commissario e il suo vice con il suo sorriso gentile e malinconico. Alessandra l'aveva conosciuta solo dopo il tragico evento, per cui si chiedeva come fosse il sorriso di quella donna prima di quel giorno. Rifletteva sul fatto che il suo lavoro le faceva incontrare delle persone soltanto nel momento in cui queste vivevano un dramma, una sofferenza, mentre il lavoro di quel PR era esattamente l'opposto, ossia di incontrare le persone nel momento in cui queste volevano divertirsi e godersi la vita.

"Buongiorno signora Rossetti, le faccio i miei auguri per un buon 2013".

"Grazie commissario, ne ho bisogno, sa com'è, le festività natalizie mettono addosso ancora più tristezza quando viene a mancare una persona cara. Non vedevo l'ora che finissero", rispose la donna con un sospiro malinconico.

"Senta signora, può dirmi se riconosce qualcuno in una di queste foto?", chiese Alessandra mostrando prima le foto notturne dei party organizzati dal Manzini e poi quelle dei suoi appuntamenti diurni.

"No commissario, mai visto nessuno di questi personaggi, non faccio molta vita mondana, non vado mai in discoteca", affermò la Rossetti. A quel punto Farina mostrò l'altra foto, quella cancellata ed estrapolata dal computer della Filiberti: l'immagine mostrava in primo piano una tavolata di amici in un ristorante, mentre si festeggiava un compleanno. La segretaria osservò la foto, mentre Alessandra osservava la sua reazione. Sembrava perplessa e assorta in una riflessione.

"Commissario, di queste persone che vedo brindare a tavola direi di no, ma quest'uomo che si vede sullo sfondo mi sembra una faccia che ho già visto, anche se ora mi sfugge", rispose la Rossetti, riferendosi a un uomo seduto a un altro tavolo del ristorante, completamente estraneo alla festa, ma entrato casualmente nell'inquadratura della foto, mentre cena in compagnia di un'altra persona, seduta di spalle, la cui immagine però risultava quasi completamente coperta dal volto del festeggiato.

"Signora, questa foto è stata recuperata dal computer della signora Filiberti dopo che qualcuno aveva provato a cancellarla. Chi aveva accesso al suo pc?", chiese Alessandra.

"Beh commissario, in teoria chiunque, nel senso che i computer dei nostri uffici sono collegati tra loro, quindi qualsiasi impiegato, conoscendo le password di rete, può accedere dal proprio computer a quello di un collega e curiosare".

"Scusi signora, ma questo non viola la vostra privacy?", chiese Alessandra un po' sorpresa.

"Vede commissario, questi computer dovrebbero essere utilizzati solo per cose che riguardano il nostro lavoro, non per cose private, e comunque, come le ho detto, lei può curiosare negli altri pc solo se conosce le password, che a volte non sono così segrete, perché tra colleghi ci fidiamo l'uno dell'altro o almeno credevo fosse così", concluse amareggiata.

"Signora, il dottor De Vita non c'è?", chiese Alessandra.

"No commissario, i presidenti le vacanze di Natale le passano alle Maldive!", rispose la donna con un tono a metà strada tra l'ironico e il polemico, e poi continuò: "Tornerà domani... poverino, dovrà pur riprendersi dal fuso orario!".

Alessandra notò nella Rossetti un tono di voce decisamente contrariato e seccato, come se la cosa la riguardasse personalmente, e la segretaria stessa, rendendosi conto di aver fatto una gaffe, cercò di giustificarsi: "Mi scusi commissario, sono un po' stressata, comunque il dottor De Vita mi aveva chiesto di compilare una lista di persone e società con cui Lorenza aveva rapporti più frequenti. Eccola qui!", riprese la donna, porgendo un foglio con una decina di nomi, indirizzi e numeri di telefono.

"Grazie! Un'ultima cosa: se la signora Filiberti si fosse accorta di qualcosa di irregolare, con chi ne avrebbe parlato?".

"Beh, sicuramente me l'avrebbe confidato, e poi ne avrebbe parlato con chi di dovere!".

"Grazie signora, l'avvocato Cardone c'è? Così facciamo quattro chiacchiere anche con lui".

L'avvocato era nel suo ufficio, ma nonostante fosse appena tornato dalle vacanze natalizie, il suo aspetto appariva più stanco del solito. Era un uomo che viveva di ricordi e sembrava prendere sempre più le distanze da un presente in cui non si riconosceva per rifugiarsi in un tempo in cui il mondo sembrava più bello e la vita piena di speranze. Chissà se era un pensiero dovuto all'età o alla difficoltà del periodo storico in cui viviamo, in ogni caso aveva a che fare con la dimensione tempo. All'avvocato furono mostrate le stesse foto del Manzini già visionate dalla Rossetti, ma alla domanda "Conosce quest'uomo?" la sua risposta non fu un "No" o un "Sì", bensì un "Chi è?". Non si dovrebbe mai rispondere a una domanda con un'altra domanda, se poi lo si fa con un commissario, la cosa rischia di insospettire e inasprire i toni: "Avvocato, le domande le facciamo noi, lo conosce sì o no?", tagliò corto Alessandra.

"No commissario, mai visto, né lui né nessun'altra persona delle foto".

Come si diceva nei quiz "la prima risposta è quella che conta", e ora il commissario si chiedeva come mai un uomo che appariva così disinteressato nei confronti della vita fosse così curioso di sapere l'identità del soggetto fotografato. A quel punto Farina mostrò l'ultima foto, quella del computer della Filiberti, e attesero una reazione.

"No, non conosco nessuna di queste persone", disse l'avvocato, riferendosi alla tavolata di gente che festeggiava il compleanno e, a quel punto, Alessandra gli fece notare anche il personaggio estraneo alla festa, che la signora Rossetti aveva notato: "E quest'uomo? Mi sa dire chi è?".

Cardone ebbe un attimo di esitazione, ma poi rispose: "Non saprei, non mi sembra di conoscerlo".

"Sono sicura che lo sapeva benissimo! Mentiva!", esclamò Alessandra nell'ufficio del PM, e poi continuò: "La segretaria l'ha già visto, ma non ricorda chi è, Cardone dice di non averlo mai visto, e invece sa chi è, ora non ci resta che sentire cosa dice De Vita, appena si riprende dal fuso orario, se no rischiamo amnesie anche da lui!".

Le vacanze di Natale e la campagna elettorale, per le elezioni politiche di febbraio, avevano distratto la stampa e i cittadini dai fatti di cronaca, per cui, tra il cadavere del cittadino italiano ripescato nel lago di Lugano (Mauro Bertone) e l'omicidio della donna milanese dirigente di banca (Lorenza Filiberti) non era stato ipotizzato ancora nessun collegamento. De Vita era in vacanza, e quindi non arrivavano le stressanti domande sui progressi dell'indagine, mentre il fratello della vittima era tornato a Londra e aveva incaricato un notaio di occuparsi di tutto.

Dopo le 18, Alessandra e Farina decisero di fare una visita a sorpresa a casa di De Vita, ma mentre stavano parcheggiando l'auto, sul lato opposto della strada, notarono una scena e si fermarono a osservare: attraverso la vetrata del portone, si vedeva una discussione animata tra un uomo e una donna, e pur non essendo udibile la conversazione, per il modo in cui le due persone litigavano, gesticolavano e si toccavano, si capiva che era un litigio tra persone che avevano una certa intimità: l'uomo era De Vita, la donna, che era di spalle, si girò bruscamente per andarsene, e così videro finalmente il suo volto: era la Rossetti!

CAPITOLO 11

"Dunque la Rossetti e il De Vita hanno una relazione!",
esclamò Farina incredulo, che poi si chiese: "Ma non capisco, se nessuno dei due è sposato o fidanzato, per quale motivo tengono nascosta la loro storia?". "Andiamo a chiederglielo!", rispose in maniera risoluta Alessandra, e uscì dalla macchina seguita dal suo vice.

Il dottor De Vita li accolse con la sua solita cortesia, non si mostrò né seccato né sorpreso della visita. Evidentemente era già stato informato da qualcuno in merito alle foto mostrate ai suoi impiegati, ed era già preparato a una possibile visita della polizia a casa.

Il suo appartamento, un attico di 180 m2 con terrazzo, da cui si vedevano i giardini di piazza Vetra, sembrava spazio sprecato per un uomo che viveva da solo e che, spesso, era in giro per il mondo. L'ampio salone, illuminato da moderne lampade dal design ricercato, aveva un lucidissimo pavimento in marmo, un angolo bar, un enorme schermo tv con impianto dolby-surround e un elegante divano in pelle. Era come un salone delle feste, senza nessuna festa.

Farina mostrò subito le foto dei party notturni e degli appuntamenti diurni del Manzini e De Vita si mostrò perplesso: "Mi faccia pensare... il viso non mi è nuovo, ma io col mio lavoro incontro tante di quelle persone. Può darsi l'abbia visto da qualche parte, ma non saprei dirle né chi è né cosa fa. Chi è?", chiese incuriosito.

"Un PR, cioè uno che organizza feste ed eventi nei locali", rispose Alessandra.

"Ah, ecco, magari l'avrò visto in una di queste serate o cene di lavoro", concluse De Vita. A quel punto fu mostrata la foto più importante, quella ripescata dal pc della Filiberti, ma anche De Vita disse di non conoscere nessuno dei partecipanti alla festa di compleanno. "Quest'uomo qui, sa dirmi chi è?", chiese Alessandra riferendosi al misterioso personaggio sullo sfondo. Ma De Vita prese tempo.

"Guardi commissario, senza occhiali non vedo bene, l'immagine è lontana, poco nitida, non vorrei dire una stupidaggine, potrebbe essere chiunque".

"Bene, vada a prendere gli occhiali, noi non abbiamo fretta.", incalzò Alessandra.

Ma anche con gli occhiali il risultato non cambiò: "Mi spiace commissario, l'immagine è ancora troppo piccola e sfocata perché riesca a distinguerla con la mia vista".

"Va bene, un'ultima cosa" disse Alessandra, e poi continuò: "da quanto ha una relazione con la signora Rossetti, e perché stavate litigando poco fa?".

De Vita arrossì. Questa domanda l'aveva colto di sorpresa. Era preparato a una visita della polizia per visionare delle foto, ma non si era accorto che il commissario e il suo vice avessero assistito al litigio con la Rossetti.

"Relazione, che parolona, non esageriamo!", rispose visibilmente imbarazzato.

"Va bene, allora cambio la domanda: da quanto tempo va a letto con la signora Rossetti e perché stavate litigando?", ribatté Alessandra.

"Beh, siamo andati a letto qualche volta e lei si è immaginata chissà che cosa. Poi, durante queste vacanze, sono andato alle Maldive, avevo bisogno di evadere un po', mentre lei pensava che dovessimo passare le feste insieme. Ha frainteso tutto, io non ho mai parlato di relazioni o fidanzamenti, non voglio storie con nessuna donna, voglio sentirmi libero: ecco perché abbiamo litigato!".

"Questa relazione tra i due cambia molti scenari", commentò Alessandra salendo in macchina. "Innanzitutto ora possiamo ipotizzare che anche De Vita fosse a conoscenza dei movimenti della Filiberti, potesse entrare e uscire senza problemi dal suo ufficio, sostituire il computer portatile, curiosare... insomma, ogni confidenza che la vittima ha fatto alla sua segretaria può essere arrivata, volontariamente o involontariamente, alle orecchie del capo!".

"Già", rispose Farina, assorto nei pensieri, e poi riprese: "La Rossetti ha detto che se la Filiberti avesse scoperto qualcosa di strano che riguardava la banca sicuramente glielo avrebbe riferito".

"Ma se ciò che scopre riguarda la persona con cui la sua amica segretaria ha una relazione, probabilmente evita di dirglielo!", ipotizzò Alessandra, terminando la frase di Farina, e poi concluse: "Andiamo a fare una visitina a casa della Rossetti. Dici che sarà stata già avvisata dal suo amante che abbiamo scoperto la loro relazione?".

La segretaria li stava aspettando. Anche lei viveva da sola, ma in spazi decisamente più ristretti.

L'appartamento era molto ordinato, arredato in maniera curata, ma non ostentata. Non c'era nulla di lussuoso. La cucina era moderna e funzionale, mentre il soggiorno sembrava svelare un lato un po' fanciullesco e un po' tenero della donna, con pupazzi di peluche appoggiati sul divano e una cornice a muro che conteneva cartoncini disegnati e frasi romantiche. In quel momento, la consueta malinconia del suo volto aveva lasciato il posto alla rabbia.

"Signora, quando è iniziata la sua relazione col dottor De Vita?", chiese Alessandra.

"Da ottobre, ma perché vi interessate a questa cosa, che importanza ha?".

"Per noi tutto può avere importanza, soprattutto se si tratta di cose non dette. Nessuno di voi due è sposato, per cui ci chiediamo perché la vostra relazione è stata tenuta nascosta: chi ne era al corrente? La signora Filiberti lo sapeva?".

"Sì, commissario, Lorenza lo sapeva, era l'unica a saperlo. Abbiamo preferito usare una certa discrezione nell'ambiente di lavoro. Carlo è il presidente del C.D.A. e voleva evitare gossip di qualsiasi tipo all'interno della banca o almeno così mi ha fatto credere. Forse il vero motivo è che non aveva nessuna intenzione di avere una relazione seria", concluse la Rossetti un po' sconfortata.

"Signora, le è mai capitato di parlare col dottor De Vita della signora Filiberti, della sua vita privata e degli appuntamenti col suo amante? Lui lo sapeva che la Filiberti aspettava a cena il Marelli alle 19:30, la sera del delitto?".

"Commissario, non ricordo... sì, può darsi che ogni tanto qualche discorso sia venuto fuori, Carlo ha un carattere cordiale e gli piace chiacchierare di tutto e tutti, diciamo che è molto bravo ad attaccare bottone, purtroppo in tutti i sensi".

"Capisco. Senta signora, non le è tornato in mente chi potrebbe essere quella persona della foto che le abbiamo mostrato?".

"Guardi, devo averlo visto una volta, ma non ricordo, cioè, il suo nome non lo conosco, ma credo abbia a che fare con qualcuna delle società comprate dalla Johnston & sons, forse la Gold Share Productions, ma non potrei giurarci".

"La Gold Share Productions è una casa di produzione televisiva molto famosa", disse Simona affondando la forchetta in una fetta di lasagna appena sfornata e portata in tavola da Mimmo, e poi continuò: "Io ho lavorato in qualche programma prodotto da loro, fanno un po' di tutto, show in prima serata, reality, e anche quiz. Ecco, per esempio, questa è una loro produzione!", esclamò attirando l'attenzione sulla televisione accesa, che proprio in quell'orario stava trasmettendo un gioco a premi che andava in onda tutti i giorni nella fascia preserale.

"Beh, quando ero una giovane ragazza "la vita era tutta un quiz", scherzò Alessandra parafrasando la sigla di una nota trasmissione televisiva degli anni '80.

"Invece adesso la vita è diventata un reality!", rispose Simona, che detestava quel genere di trasmissione.

"Ma il quiz resiste sempre nel tempo!", intervenne Federica.

"Toh! Che strano, hanno cambiato la musichetta", notò Simona, che per deformazione professionale aveva un orecchio sempre molto attento.

"Che musichetta?", chiese Alessandra.

"La musica tensiva di sottofondo, quella che accompagna ogni domanda del quiz, non è la stessa che c'era fino a qualche settimana fa, è cambiata".

"A me sembra uguale a quella di prima", intervenne Mimmo.

"Certo, a te sembra uguale perché ha la stessa atmosfera tensiva, lo stesso sound e quindi all'orecchio dell'ascoltatore trasmette esattamente la stessa sensazione. Ma ti assicuro che non è quella che c'era prima, è cambiata!", sostenne Simona con convinzione, e Mimmo si arrese: "Ok, ok, se lo dici tu!".

CAPITOLO 12

La foto del pc della Filiberti continuava a essere un mistero per le indagini, nel senso che non si capiva quale importanza potesse avere, eppure era chiaro che ne aveva. Probabilmente se non fosse stata cancellata in maniera così maldestra e frettolosa, la polizia neanche l'avrebbe notata: era una semplice foto scattata durante un compleanno, e l'unico personaggio che sembrava avere una certa rilevanza era un uomo entrato per caso nell'inquadratura. Al tavolo con lui, seduto di spalle, si intravedeva parzialmente un altro personaggio. Alessandra e Farina tornarono alla sede della Johnston & sons, per verificare se al dottor De Vita fosse tornata la vista e a qualcun altro la memoria.

Al presidente la vista non era tornata, ma quando Alessandra gli disse di sapere che il personaggio misterioso era un uomo che lavorava per la Gold Share Productions, improvvisamente gli tornò la memoria: "Ah sì, ora ricordo, assomiglia vagamente al direttore finanziario della Gold Share, mi pare si chiami De Rossi, sì, l'ho incontrato un paio di volte l'anno scorso, in primavera, quando abbiamo acquistato la società".

Più tardi, in commissariato, Farina aveva già recuperato un fascicolo con le informazioni necessarie: "Il tale della foto è il dottor Gianfranco De Rossi, ex direttore finanziario della società Gold Share Productions, nato a Milano nel 1964 ma, attenzione: il nostro uomo non è incensurato! Ha precedenti per corruzione, concussione e truffa!".

"Ah beh, mi sembra il curriculum adatto per fare questo lavoro in Italia!", ironizzò Alessandra, che poi concluse: "A questo punto sarà il caso di controllare telefono e tabulati telefonici e, soprattutto, fare delle verifiche sui movimenti bancari della Johnston & sons e della Gold Share, tutte cose per cui dovremo aspettare un bel po' di tempo".

Il lavoro del poliziotto è spesso fatto di pazienti attese che si possono tradurre in appostamenti, ricerche oppure nell'aspettare il momento giusto per un'azione. Esisteva, però, anche l'attesa a cui obbligano certe procedure burocratiche, magari per ottenere informazioni che possono rivelarsi preziose o addirittura determinanti per le indagini. Alessandra apparteneva a una scuola di pensiero più all'antica, ossia quella di chi predilige le indagini classiche e utilizza i riscontri tecnici solo per avere un'eventuale conferma e ottenere gli ultimi tasselli di un puzzle. Ma il puzzle bisognava continuare a costruirlo. Non amava l'altra scuola di pensiero, condivisa da molti suoi colleghi, che, in assenza di questi dati tecnici, sospendevano le indagini per settimane e rimandavano tutto al risultato di un esame di un dna o di un tabulato telefonico. Alessandra non intendeva aspettare, ma continuare a cercare altri tasselli da aggiungere al puzzle.

"Sì, la cosa si fa interessante, solo che, Alessandra, sarai consapevole anche tu che, indagando sui movimenti bancari, potremmo senz'altro imbatterci in qualcosa di poco pulito, ma che non è detto sia riconducibile all'omicidio! È ovviamente una pista, un possibile movente, ma se non troviamo nessun collegamento resta un'ipotesi astratta e senza nessun riscontro concreto; qualsiasi avvocato si farebbe una risata davanti a un'accusa del genere!", fece notare il PM Marchetti.

"Sì certo", annuì Alessandra, "è per questo che non intendo stare con le mani in mano in attesa di questi dati!".

Alessandra tornò nel suo ufficio e si mise al computer, cercando di analizzare ogni dettaglio della foto che ormai le aveva tolto il sonno. "Cos'ha questa foto di così importante? Qui si vede questo De Rossi al tavolo con un'altra persona, non si sa dove sono, che giorno è, né chi è la persona di spalle con cui sta parlando. Mi chiedo quale di queste tre cose sia compromettente per chi ha cancellato la foto".

"Forse l'insieme di tutte e tre!", azzardò Farina.

Quella sera Simona aveva ricevuto una bellissima notizia e non vedeva l'ora di comunicarla ai suoi amici: "Dovrò sostituire un mio collega pianista che ha un altro impegno e non può più partire con la sua band. Andrò una settimana a New York!", esclamò raggiante.

"Wow! Grande!", si congratularono gli altri.

"Ma come mai non può più andare? Cosa c'è di meglio di una tournée a New York?", chiese Mimmo, incredulo che qualcuno rinunciasse a un'occasione del genere.

"Ti spiego: è Andrea Galetta, un mio amico che ha anche uno studio di registrazione, e poiché gli è capitato un lavoro grosso di sottofondi musicali e sigle televisive, deve restare qui a lavorare, perché deve consegnare tutto entro due settimane!", rispose Simona.

La serata trascorse in allegria, tutti a cena da Mimmo, con una bottiglia portata da Simona per festeggiare; l'unico dettaglio che guastava l'atmosfera era il vizio del padrone di casa di lasciare sempre la tv accesa. Pur non prestando troppa attenzione alle immagini e alle parole provenienti dal video, poteva accadere che una frase fosse percepita e risvegliasse l'interesse di qualcuno. Quella sera fu la volta di Alessandra, distratta da un talk show, in cui si parlava di un noto caso giudiziario e del presunto assassino, considerato un ragazzo di buona famiglia.

"Buona famiglia!", sottolineò con disprezzo, "E cos'è una buona famiglia? Una famiglia benestante che può permettersi i migliori avvocati per togliere dai casini un figlio che non è stata capace di educare?".

Alessandra detestava quell'espressione e quando la sentiva scattava come una molla. Ne aveva viste troppe di buone famiglie in commissariato e di genitori che con arroganza difendevano i loro figli con le tipiche frasi: "Conosco bene mio figlio, è un bravo ragazzo, non può aver fatto una cosa del genere!".

A volte non sapeva se provava più rabbia, per il tono arrogante con cui certi padri si ponevano, o più pena, per la loro totale inconsapevolezza: quale genitore può pensare di conoscere bene un figlio con cui non trascorre più di un'ora alla settimana? Cosa sanno dei loro figli che vivono la vita tra computer, amici e discoteche, che esprimono i loro pensieri attraverso social networks o sms, in un mondo che ai genitori è interdetto? E così, quando accadeva che il dubbio lasciasse il posto all'evidenza dei fatti, la frase di rito cambiava: "Mio figlio è un bravo ragazzo, è tutta colpa delle cattive compagnie!".

Nessun genitore prendeva mai in considerazione l'ipotesi che la cattiva compagnia potesse essere stata proprio quella di suo figlio.

CAPITOLO 13

In quei giorni era in corso al Palazzo Reale di Milano la mostra di Picasso, e Mimmo, dopo settimane piene di impegni, era finalmente riuscito a ritagliarsi un pomeriggio libero per andare a visitarla. Il freddo di gennaio era pungente e le persone si rifugiavano nei caffè in piazza del Duomo, così, dopo una breve passeggiata, si era rintanato in un bar davanti a una cioccolata calda.

Il cellulare squillò, era Alessandra: "Ciao Mimmo, sei ancora alla mostra o sei in giro?".

"Ciao Ale, sono in un caffè sotto i portici".

"Ok, io sono qui dietro, ti raggiungo subito e mi bevo un tè caldo!".

Alessandra era andata a trovare il dottor De Rossi, ossia il misterioso uomo della foto, la cui identità era ormai stata svelata. Non si poteva parlare di interrogatorio, in quanto non era accusato di nulla, era solo l'inconsapevole personaggio principale di una semplice fotografia.

"Questo Gianfranco De Rossi era il direttore finanziario della Gold Share; dice di aver visto un paio di volte il dottor De Vita e tutti gli altri membri del C.D.A. nel corso di varie riunioni tenutesi tra l'inverno e la primavera del 2012 per definire la vendita della società. Non ha saputo dire chi fosse la persona di spalle con cui era al tavolo in quella foto in quanto, come sostiene, ha 3-4 appuntamenti al giorno, incontra decine di persone ogni settimana e, non avendo idea né del luogo né del giorno in cui è stata scattata la foto, è davvero difficile risalire al misterioso interlocutore", concluse Alessandra, che poi fu distratta dall'ingresso nel bar di un cliente: "Toh, guarda un po'! Parli del diavolo... Dottor De Rossi! Prego, si accomodi con noi!".

E così all'improvviso si era materializzato in carne e ossa il soggetto della conversazione.

Gianfranco De Rossi era un bell'uomo prossimo ai 49 anni, elegantemente vestito, statura media, capelli brizzolati un po' ricci, sorriso ipocrita e abbronzatura da vip. Aveva i modi cortesi e ossequiosi tipici dei venditori truffaldini o comunque di chi ha passato una vita a fare il cortigiano in luoghi di potere. Si avvicinò al tavolo sorpreso dalla coincidenza, salutò il commissario e lanciò a Mimmo uno sguardo a dir poco ambiguo. In realtà più che ambiguo era stato percepito da Mimmo come inequivocabile. Conosceva bene quel tipo di sguardo, l'aveva raccolto tante volte nei locali gay che frequentava in passato, ma fece finta di niente e anche Alessandra non si accorse di nulla.

De Rossi si trattenne poco, giusto il tempo di un caffè, e poi li salutò cordialmente e andò via.

"Ma si può sapere cos'ha di particolare questa famosa foto, me la fai vedere?", chiese Mimmo incuriosito. "Aspetta che te la mostro dall'iPad", rispose Alessandra estraendo dalla borsa il tablet. Mimmo era abituato a osservare e studiare ogni tipo di immagine: "Mi fai un ingrandimento di questo dettaglio?", chiese indicando un punto della foto in cui si intravedeva parzialmente l'interlocutore di De Rossi, e in particolare una giacca appoggiata sulla sedia accanto: "Questa giacca mi sembra un vecchio modello di uno stilista Americano e non credo sia mai arrivata in Italia", notò Mimmo.

"Quindi il personaggio di spalle potrebbe essere straniero?".

"Non è detto, può essere anche qualcuno che viaggia negli Stati Uniti o comunque in giro per il mondo".

"Beh, nell'ambiente dell'alta finanza non sono in pochi!", gli fece notare Alessandra. Ma l'attenzione di Mimmo si era spostata nel frattempo su di un altro dettaglio della foto: "Guarda questo particolare in alto: qui c'è un monitor tv che sta trasmettendo una partita, ma nell'inquadratura entra solo una piccola parte dello schermo. Ingrandisci qui e vediamo che partita è... Inter-Napoli!".

"Ancora 'sta partita! Ma è una persecuzione! In ogni passaggio dell'indagine ritorna l'ombra di questa partita. Quindi, dobbiamo dedurre che questa foto sia del giorno dell'omicidio, cioè il 9 dicembre!".

La mattina dopo, Alessandra tornò alla Johnston & sons per mostrare di nuovo la foto. Questa volta utilizzò il suo tablet, in modo da poter visionare i dettagli ingranditi: "Signora Rossetti, osservi bene questa giacca: l'ha mai vista indossata da qualcuno che conosce?". "Commissario, mi sembra che il dottor De Vita ne abbia una simile, ma lo chieda direttamente a lui!".

Nel modo di esprimersi della segretaria, in poco più di un mese, il dottor De Vita era diventato prima "Carlo" e poi di nuovo "dottor De Vita", segnale evidente di una distanza che ormai la donna aveva preso dal suo ex amante. Alessandra mostrò quindi l'ingrandimento della foto al presidente del C.D.A., il quale, ovviamente, se aveva ritenuto troppo piccola o sfocata l'immagine del volto di De Rossi, ancor meno poteva riconoscere il dettaglio di una giacca!

"Commissario, se mi dice che questa foto è del 9 dicembre, le ricordo che quel giorno ero via per il ponte, e sono tornato a casa intorno alle 23. Ho cenato con amici al lago, e lei queste cose dovrebbe già sapere, visto che un mese fa ha verificato gli alibi di tutti noi!", rispose De Vita con tono seccato.

"Guardi che non la stiamo accusando di niente, stiamo solo cercando di capire quale importanza possa avere questa foto nell'ambito dell'indagine!".

Già, quale importanza poteva avere questa foto nell'ambito dell'indagine? A questo punto cominciava a chiederselo anche Alessandra, iniziavano a vacillare le certezze che quella immagine dovesse trasmettere qualcosa di importante e si insediava il dubbio di aver perso tempo inutilmente. Che fare? Forse era il caso di accantonarla momentaneamente e aspettare i risultati dei controlli sui conti correnti e sulle telefonate.

Alessandra decise di tornare sul luogo del delitto. Erano settimane che non andava in quell'appartamento, voleva visitarlo ancora una volta per poterlo osservare con occhi diversi, visto che un mese prima cercava tracce di un killer e di un'arma e in quel momento, invece, cercava tracce di un mandante e di un movente.

La scena del crimine era come la ricordava: tutto estremamente ordinato, il divano bianco e lindo, l'enorme tv al plasma, grandi spazi e un arredamento minimalista che trasmettevano quel senso di vuoto, e il tavolo da pranzo su cui la sera del delitto c'erano il cellulare della vittima, lo scontrino della spesa, una penna e una copia de "Il Sole 24 ore". Ora su quel tavolo erano rimasti solo la penna e il giornale.

L'unica cosa in più, era uno strato di polvere che si era depositato nel corso di quel mese. Alessandra sfogliò il giornale e notò un appunto scritto a penna sul bordo di una pagina interna: "fransan", e poi seguiva un numero di dieci cifre che iniziava con 091. Prese il quotidiano e lo portò al commissariato.

La foto era stata momentaneamente accantonata nella

sua mente e ora stava per essere sostituita da questa scritta.

"Ma è possibile che ti fissi sempre su questi dettagli insignificanti? Magari è uno scarabocchio senza senso che la Filiberti ha fatto mentre era al telefono con qualcuno, non ti capita mai di fare scarabocchi mentre sei al telefono?", la rimproverò il PM Marchetti.

"Certo che mi capita, ma non di scarabocchiare numeri a caso! Potrebbe essere un numero di telefono, 091 è il prefisso di Palermo, basta verificare se corrisponde a qualcuno!".

Quel numero risultava inesistente. L'ipotesi che quell'insieme di cifre fosse un'utenza telefonica fu scartata. In realtà da tutti gli altri fu scartata anche l'ipotesi che quella scritta e quel numero potessero avere un'importanza per l'indagine. Da tutti fuorché da Alessandra, che aveva solo accantonato temporaneamente quell'appunto, così come aveva fatto con la foto. Tanto era certa che un giorno o l'altro li avrebbe ripresi.

CAPITOLO 14

Il mese di gennaio stava per finire e arrivavano man mano i risultati delle analisi dei tabulati telefonici e dei movimenti bancari e gli esiti delle intercettazioni.

"C'è qualcosa di anomalo nei bonifici che riguardano la compravendita della Gold Share Productions", fece notare Farina, "in sostanza sembra che una parte dei soldi facciano un giro diverso e vadano a finire su dei conti svizzeri".

"Quanto?", chiese Alessandra.

"Circa 500 milioni di dollari!".

"Caspita!".

"Commissario, sono riuscito ad acquisire la documentazione, e in più ad avere qualche informazione confidenziale da un amico che lavora in borsa: la società è stata venduta la scorsa primavera per un miliardo e mezzo di dollari, dopo vari mesi di trattative, con un primo contatto avvenuto tra le parti nel dicembre 2011. Ecco... l'informazione confidenziale è che nell'ambiente si vociferava che il valore della società sarebbe stato sovrastimato".

"Beh, supponiamo che la Filiberti abbia raccolto la stessa informazione confidenziale, a questo punto cosa fa? Esamina i documenti, si accorge che i conti non tornano, quindi va a chiedere spiegazioni a colui che ritiene responsabile, magari minaccia di denunciarlo e riferire tutto agli americani. A quel punto, penso che 500 milioni possano essere un buon movente per eliminarla!".

"Sì, questo sarebbe senz'altro un ottimo movente, ma non basta", contestò il PM Marchetti, motivando la sua teoria: "Vedi Alessandra, noi stiamo indagando su due omicidi che potrebbero essere collegati tra loro. Uno dei due non è avvenuto in territorio italiano, quindi, in realtà, possiamo fare ben poco se non trovare il movente e il mandante dell'altro omicidio. E così ci imbattiamo in una probabile truffa finanziaria, ma tra le due cose dobbiamo trovare un collegamento chiaro e inequivocabile, non basta il fatto che la vittima lavorasse in quella banca d'affari, ci vogliono prove concrete, se no resta un reato a sé stante, di cui magari si occuperà qualcun altro".

"Commissario, il dottor Marchetti ha ragione", intervenne Farina, "la nostra è un'ipotesi, ma non può essere presa per oro colato, non può essere l'unica strada da seguire, anche perché, se è vero che sono arrivati dei riscontri dai movimenti bancari, è anche vero che dai tabulati telefonici non risulta nulla! Nessun contatto telefonico tra le parti, nessun contatto neanche col Manzini o col Bertone. Insomma, potremmo esserci davvero imbattuti in un'altra storia che non c'entra niente con gli omicidi!".

"Potremmo esserci imbattuti in un'altra storia che non c'entra niente con gli omicidi", ripeteva a se stessa Alessandra, e intanto era combattuta tra la smania di trovare un tassello che collegasse le due storie e il bisogno di svuotare completamente la sua mente e prendersi una pausa.

"Dai Ale, non fare così", cercò di incoraggiarla Simona, "pensa che anche Cristoforo Colombo era convinto di aver raggiunto l'India e invece aveva scoperto un nuovo continente!".

"Sì vabbè, ma io sto indagando su due omicidi e devo trovare i colpevoli di questi crimini, non l'America! Delle truffe finanziarie se ne occuperà qualcun altro, io devo cercare i miei assassini! Anzi, i miei mandanti!".

"Ale, dimmi una cosa", intervenne Federica, "per te chi è peggiore, un assassino o un mandante?".

"Bella domanda! Beh, il mandante è di fatto un assassino che non si sporca le mani, ma le fa sporcare a qualcun altro. C'è anche da dire che alcuni mandanti non potrebbero mai essere esecutori materiali, perché magari non reggerebbero emotivamente il contatto diretto con la morte e non riuscirebbero a portare a termine il loro disegno criminale, e quindi hanno bisogno di persone fredde e senza scrupoli che non abbiano ripensamenti all'ultimo momento".

"E quel ragazzo che dovrebbe aver ucciso la Filiberti, il Bertone, era uno così?", chiese Mimmo.

"Non saprei. Sicuramente non era uno stinco di santo, di reati a quanto pare ne aveva un po' sulla coscienza, anche se non era mai stato beccato. Poi, chi può dirlo se e quando un delinquentello qualsiasi decide di fare il salto di qualità! Tu Mimmo sei cresciuto a Napoli, in un quartiere dove il confine tra un furtarello di poco conto e un omicidio è molto sottile".

"Sì, però c'è qualcosa di anomalo in questa storia", riprese Federica, "cioè, noi stiamo separando la personalità dell'assassino dalla personalità del mandante, ma se Bertone ha ucciso la Filiberti e poi a sua volta è stato eliminato da chi gli aveva commissionato il delitto, a questo punto abbiamo un personaggio che è in grado di ricoprire entrambi i ruoli, nel primo omicidio fa il mandante, mentre nel secondo fa l'assassino!".

"Ricoprire entrambi i ruoli, centrocampista e attaccante! Ahahah, ma che stai facendo, un commento sportivo?", scherzò Mimmo.

"Ahaha, ha ragione Mimmo. Fede, comunque anche la tua osservazione è giusta: in teoria, se uno ha la stoffa dell'assassino, l'omicidio se lo fa da sé, a meno che... il secondo delitto non sia stato un fuori programma!".

"Cioè?".

"Cioè il killer porta a termine il proprio lavoro, si incontra con il mandante per riscuotere la somma pattuita, ma poi pretende di alzare il prezzo, magari ha saputo che l'omicidio per il quale viene pagato, facciamo, circa 100 mila euro, in realtà per i suoi "datori di lavoro" vale 500 milioni di dollari. Può esserci stata una discussione animata e poi, una volta che il Bertone ha girato le spalle al suo mandante-assassino, può essere stato colpito con un bastone, una mazza, un qualsiasi oggetto contundente e poi spinto nel lago; il cadavere è stato ripescato dopo 5 giorni e nessuno può sapere da quale punto del lago sia stato gettato".

Nel week end a cavallo tra gennaio e febbraio, Alessandra decise di andare a fare una visita ad alcuni dei personaggi direttamente o indirettamente coinvolti in questa vicenda. E così si recò in via Lorenteggio a trovare la ragazza del Bertone, rimasta ormai da sola. In realtà Alessandra non andava lì per cercare nuovi indizi che potessero illuminarle la mente, ma era desiderosa di sapere come stesse quella ragazzina che le aveva fatto tenerezza dalla prima volta in cui aveva messo piede al commissariato, con la sua aria innocente e spaventata, per denunciare la scomparsa del fidanzato.

"Buongiorno commissario, ci sono novità?".

La ragazza sembrava completamente trasformata: i lineamenti del viso erano più distesi, aveva un nuovo taglio di capelli, era vestita in maniera curata e nel suo sguardo c'era una luce diversa, mai vista prima.

"Buongiorno signora, qualche passo avanti nell'indagine è stato fatto, ma è presto per parlarne, dobbiamo verificare un po' di cose, e per ora non posso anticiparle nulla, mi spiace. Lei, piuttosto, mi dica come sta?".

"Molto meglio, grazie. Sa, un'amica mi ha portato a dei meeting buddisti e mi sono avvicinata a questa pratica: sto cercando di rinascere, sto guardando con occhi diversi quello che è stato il mio passato e quello che invece voglio dalla mia vita da adesso in poi".

"Ah, bene, sono contenta", disse Alessandra, rammaricandosi di non aver portato con sé Simona.

"E sa già cosa vuole da adesso in poi?", le chiese.

"Intanto voglio essere padrona della mia vita, e non assecondare nessuno. Non voglio più nascondere la testa sotto la sabbia, senza guardare quello che mi succede intorno. Voglio davvero essere in armonia con l'universo e attirare solo persone oneste e limpide. Io lo sapevo benissimo che Mauro viveva di espedienti, di lavoretti poco puliti, a volte per soldi era stato anche con altre donne! Ma ho sempre fatto finta di niente, come se la cosa non mi riguardasse, come se non volessi intromettermi nella sua vita: ma se ci convivevo con quella persona, non poteva non riguardare anche me, la mia vita! Certo non mi aspettavo che sarebbe arrivato a tanto, però anche il mio non fare, non intervenire, come dice la legge di causa-effetto, sono state cause negative che, a lungo andare, hanno prodotto effetti negativi anche per me! Ora sto cercando di trasformare la mia sofferenza in qualcos'altro: come dicono i buddisti, devo trasformare il veleno in medicina".

CAPITOLO 15

L'ispettore Farina era specializzato nelle ricerche: quando si trattava di spulciare vecchi fascicoli impolverati, passava intere giornate rinchiuso come un topo di biblioteca. Le sue doti erano complementari a quelle di Alessandra, che un po' seguiva l'istinto e un po' elaborava ogni indizio come fosse parte di un'equazione matematica. Farina cercava un anello di congiunzione; era un tentativo, ma per l'ispettore era meglio fare un lavoro in più, anche se alla fine poteva risultare inutile, piuttosto che farne uno in meno, per poi rammaricarsi di non averlo fatto. D'altronde, se prima non lo si fa, non si può sapere se è stato utile o no.

Alessandra era tornata a trovare la moglie di Gabriele Marelli, l'amante della prima vittima. La donna, che aveva più di 50 anni, conservava intatto il suo fascino aristocratico, e la sua classe traspariva anche dal modo in cui serviva una tazza di tè: "Commissario, in questo periodo sono molto impegnata per la campagna elettorale, in quanto c'è un mio caro amico che è candidato alla Regione. Per ora gli sto solo dando una mano, anche se non escludo, in futuro, di poter avere anch'io un ruolo in politica. Intanto organizzo dei cocktail a casa mia, invitando conoscenti e amici della Milano che conta".

Alessandra si chiedeva quale fosse la "Milano che conta", ma non aveva voglia di iniziare una discussione politico-sociale.

"Mi dica signora, e con suo marito come va? È sempre decisa a chiedere il divorzio oppure è cambiato qualcosa?".

"Commissario, sa bene che l'unica cosa che può essere cambiata nel nostro matrimonio è il fatto che ci sia un'amante in meno. Ma non m'illudo che possa iniziare una nuova luna di miele tra me e mio marito. Quindi ho deciso di chiedere il divorzio", rispose la donna.

"Signora, che idea si era fatta della sua rivale?".

"Non è carino chiedere a una moglie un parere sull'amante di suo marito, non potrebbe mai essere imparziale", rispose la signora, con un sorriso per metà ironico e per metà acido.

"Tuttavia", riprese la donna, "se proprio le interessa la mia opinione, ritengo che fosse una persona molto arrivista, interessata solo alla carriera, ma naturalmente questo è solo il parere di una moglie".

La chiacchierata fu interrotta dallo squillo del cellulare di Alessandra: era Farina.

"Commissario, credo di aver trovato qualcosa di importante, forse l'anello di congiunzione che cercavamo!".

"Ok Farina, ci troviamo in ufficio tra 20 minuti!".

"Ecco qui commissario! Come sappiamo, il De Rossi ha precedenti per corruzione, concussione e truffa ma, potendosi permettere ottimi avvocati, è stato in carcere solo per poco tempo, nel 2005, e ha trascorso circa tre mesi a San Vittore dove... indovini un po' di chi è stato compagno di cella? Del Manzini!".

"Grande Farina! Ecco l'anello di congiunzione!", esclamò Alessandra con soddisfazione.

"Prendiamolo, e mettiamolo sotto torchio!".

Carmine Manzini, il PR che avevano pedinato per un mese, era seduto davanti a loro. Come si poteva intuire dalla sua fedina penale, non era nuovo a quel tipo di situazione e, quindi, ostentava molta sicurezza e arroganza: "Potrei sapere di cosa sono accusato, e perché mi state trattenendo qui? Ho molto da fare, questa sera ho una festa elettorale in un noto locale e sono l'organizzatore dell'evento. Se non mi lascia andare al più presto, informeremo la stampa di questo ennesimo attacco della magistratura nei confronti del mio candidato!".

"Il suo candidato ha sbagliato campagna elettorale se si è affidato a un personaggio come lei!", rispose Alessandra con tono fermo e deciso, e poi continuò: "Del suo candidato non ci frega assolutamente niente, noi stiamo indagando su un omicidio e lei dovrà rispondere ad alcune nostre domande, in qualità di testimone, e chiarirci le idee su alcune questioni: intanto vorremmo sapere che rapporti c'erano tra lei e il signor Mauro Bertone, quando l'ha visto per l'ultima volta e cosa avete fatto e vi siete detti?".

"Ah, è per Mauro allora che sono qui?".

"Certo! Perché ha qualche altro reato da confessare? Intanto ci dica quello che vogliamo sapere, poi, se vuole confessare qualcos'altro, è sempre in tempo a farlo", ironizzò Farina.

"L'ultima volta che l'ho visto era un venerdì di dicembre, non ricordo la data, ricordo che c'era stata una forte nevicata, era mattina, ma sul tardi, mi pare dopo mezzogiorno. Da quel giorno non l'ho più sentito né visto. Poi ho letto sul giornale che era stato ripescato nel lago, a Lugano. Sono rimasto scioccato. Questo è tutto quello che so".

"Questo è tutto quello che sa? Mi sembra un po' poco per una persona con cui fino a qualche giorno prima c'erano state decine di telefonate! Senta signor Manzini, abbiamo già analizzato i suoi tabulati telefonici, l'abbiamo tenuta sotto controllo per un mese, quindi non ci faccia perdere altro tempo e risponda alle domande: perché si sentiva così spesso col Bertone? La sera del 9 dicembre è stato da lei dopo il lavoro? Perché si è cambiato il pantalone? Perché vi siete incontrati quel venerdì 14 dicembre? Avevate appuntamento con un'altra persona? Sappiamo che lei è rimasto a Milano, mentre Bertone è andato a Lugano con qualcuno: con chi?".

Il tono di voce di Alessandra era andato in crescendo, ma non era sufficiente a spaventare un tipo dal curriculum delinquenziale come quello di Manzini, che si sentiva assolutamente sicuro di sé, come se fosse in una botte di ferro.

"Commissario, se ha analizzato i miei tabulati telefonici, avrà senz'altro notato che non ci sono solo decine di telefonate con Mauro, ma anche decine di telefonate con centinaia di altre persone! Quel venerdì mattina venne da me per restituirmi un pantalone che gli avevo prestato: la domenica precedente si era sporcato il suo jeans rovesciandosi la birra addosso; era venuto da me a cambiarsi dopo il lavoro, perché poi dovevamo andare insieme a San Siro a vedere Inter-Napoli".

"E il pantalone sporco dove l'ha messo? L'avete portato allo stadio?", chiese Farina.

"L'ha lasciato da me e se l'è ripreso dopo la partita".

"Strano, la fidanzata sostiene che quel pantalone non l'ha più visto", ribatté Alessandra.

"Quella fidanzata è una mezza rincoglionita! E poi non capisco che importanza ha questo pantalone sporco! Mi pare che stessimo parlando del mio pantalone, quello per cui ci siamo visti quel venerdì, mica del suo! Se poi invece di riportarlo a casa l'ha buttato via per strada, io che ne so!".

"Come mai Bertone aveva deciso di riportarle il pantalone proprio in un giorno in cui nevicava forte e non poteva usare il motorino? È sicuro che sia solo questo il motivo del vostro incontro o forse dovevate incontrarvi anche per qualcos'altro?", continuò Alessandra.

"E io che ne so? Doveva fare delle commissioni in zona, e quindi ne ha approfittato per passare anche da casa mia e ridarmi il pantalone!".

"La sua fidanzata invece sostiene che aveva un appuntamento importante e doveva vedersi con l'amico con cui era stato allo stadio. Non vorrà mica farci credere che l'appuntamento importante era solo per restituire un pantalone?", chiese ancora Alessandra.

"Gliel'ho detto, quella ragazzina è una rincoglionita! Che ne so cos'altro doveva fare Mauro e con chi altro aveva appuntamento! Quella scema l'ha visto uscire col pantalone e ha pensato che l'appuntamento importante fosse con me!".

"Quindi lei lo sapeva che aveva un appuntamento importante! Perché non ci dice anche con chi?", intervenne Farina.

"Gliel'ho detto: non-lo-so".

A questo punto Alessandra tirò fuori la foto che le aveva tolto il sonno per un mese, esattamente come un illusionista estrae un coniglio dal cilindro: "Per caso doveva incontrarsi con quest'uomo?", gli disse mostrando un ingrandimento del volto del dottor De Rossi. Prima che il PR potesse ribattere, Alessandra affondò il colpo: "E non dica che non lo conosce, perché sappiamo bene che siete stati compagni di cella a San Vittore!".

Ma Manzini non perse la calma: "Commissario, saprà anche che io in carcere ci sono stato circa 3 anni: vuole che mi ricordi i nomi e le facce di tutti i miei ex compagni di cella? Ogni settimana ne arrivava uno nuovo!".

Alessandra ingranò la quarta: "Quando ha visto l'ultima volta Gianfranco De Rossi?".

"E chi è? L'uomo della foto?".

"Sì, il suo compagno di cella".

"Mai più rivisto dopo San Vittore".

"Dovrei crederci?".

"Non è un mio problema".

"La fidanzata del Bertone sostiene che il suo ragazzo alla fine di ottobre avesse ricevuto da lei la proposta per un lavoro che gli avrebbe cambiato la vita, facendogli guadagnare un sacco di soldi: cos'era, un ingaggio come killer? Quanti soldi è stato pagato?".

"Quella ragazzina è una pazza visionaria!".

"Gliel'ha trovato lei il lavoro come garzone al supermercato?".

"La mia è un'agenzia di organizzazione eventi, non di lavoro interinale!".

"E negli 'eventi' che lei organizza, ci sono anche incontri con escort?".

"Sono ragazze immagine e hostess. Poi se abbordano il tipo danaroso e ci vanno a letto non sono affari miei".

"Anche i droga-party fanno parte degli eventi che lei organizza?".

"Ho già pagato per questo, è storia vecchia!".

"E intanto che pagava il suo debito con la giustizia instaurava rapporti con nuovi soci di lavoro, come De Rossi, e ingaggiava nuovi ragazzi immagine come Bertone?".

"Commissario, gliel'ho già detto: con Mauro non ho mai avuto nessun rapporto di lavoro. De Rossi, o come cavolo si chiama, non l'ho più visto da quando sono uscito di galera. D'altronde se mi sta facendo controllare lo sa anche lei: le risultano telefonate tra me e questo tipo?".

"No. Non risultano".

"Ecco! Allora le sue illazioni se le tenga e mi lasci andare che ho molto da fare!".

Alessandra non rispose. Il primo match era terminato, e non era stato vinto da lei. Evidentemente mancava ancora qualche altro tassello.

CAPITOLO 16

I 4 vicini di casa, seduti attorno al tavolo di vetro del soggiorno di Mimmo, erano nel pieno di una conversazione di carattere storico. In realtà era Simona che ogni tanto proponeva delle discussioni per esporre una sua nuova teoria e gli amici ascoltavano, curiosi di sapere cos'altro aveva elaborato nella sua mente vulcanica. Simona amava costruire nella sua fantasia un mondo ideale e, ogni tanto, da questo mondo fantastico estrapolava qualcosa che fosse condivisibile e proponibile anche nella realtà: "Io penso che le strade dovrebbero essere intitolate solo agli artisti o ai grandi personaggi dello spettacolo e dello sport", disse.

"Perché dici questo? Già facciamo fatica a trovare le strade col navigatore, se ora ci vuoi cambiare anche i nomi non ci passa più!" protestò Alessandra.

"Perché vedi", continuò Simona sostenendo la sua tesi con veemenza, "le strade sono intitolate per lo più a personaggi storici, che non sono altro che i politici del passato e, spesso, anche tiranni! Sarebbe come se tra 100 anni si intitolassero le strade ai politici attuali!".

"Oddio, la trovo un'ipotesi inquietante" sospirò Mimmo.

"Inquietante ma possibile", ribatté Alessandra.

ù"Appunto!", riprese Simona, "prendiamo ad esempio la strada principale del Naviglio Grande, intitolata a Ludovico il Moro: è stato un tiranno, che prese il potere con l'inganno, facendo uccidere il consigliere di sua cognata, cioè Cicco

Simonetta, a cui è intitolata un'altra strada, 2 km più avanti! Insomma, bisognerebbe fare una scelta, non puoi intitolare una strada a entrambi! Se intitoli una strada a Napoleone Bonaparte, non puoi intitolarne un'altra all'ammiraglio Nelson, non c'è coerenza!".

"Simona", obiettò Alessandra, "ti sembra il nostro un paese dove regna la coerenza?".

"Infatti", riprese Simona, "è per questo che si dovrebbe optare per i personaggi dello spettacolo e dello sport, proprio per evitare polemiche e mettere tutti d'accordo! Ma secondo voi il popolo Italiano non sarebbe più contento di camminare, per esempio, in una piazza Vianello-Mondaini oppure in un viale Mike Bongiorno?".

"O magari in via Giacinto Facchetti!", intervenne Federica.

"Ok Simona, scrivi al sindaco e proponi di cambiare via Ludovico il Moro in via Mike Bongiorno!", disse Mimmo con una punta di ironia, e poi aggiunse "tanto non cambierebbe nulla, perché la gente continuerebbe a chiamare la strada con il solito nome con cui è abituata, come succede da sempre a Napoli con Via Roma e Via Tole..." s'interruppe bruscamente senza terminare la parola "Toledo", e poi esclamò di colpo: "Via Toledo! Ha detto via Toledo e non via Roma!".

Gli altri si guardarono senza capire, e chiesero: "Mimmo, ma che ti prende, di chi stai parlando?".

"Parlo del dottor De Vita!", continuò Mimmo, "Quando ci siamo conosciuti, e gli ho detto che ho frequentato il Liceo Artistico in Via Santi Apostoli a Napoli, mi ha raccontato che anche lui, prima di trasferirsi a Milano con la famiglia, all'età di 14 anni, aveva frequentato il primo anno di Liceo Artistico in Via Santi Apostoli e, poiché aveva i nonni che abitavano in centro, spesso andava con loro in una famosa pasticceria a mangiare le sfogliatelle in via Toledo".

"E quindi? Qual è il problema?", chiese Simona.

"Che quella strada a quei tempi non si chiamava via Toledo, ma via Roma! Lui è andato via da Napoli nel '78, è stato a Milano, poi ha studiato in Svizzera, poi in America, poi è tornato a Milano. Ma a Napoli ci è ritornato solo di recente, quindi non può ricordarla come Via Toledo, perché era via Roma! Non solo: il Liceo Artistico che ha frequentato lui non può essere quello in via Santi Apostoli, come mi ha detto, perché quella sede non esisteva ancora! A quei tempi il liceo era nella vecchia sede in via Costantinopoli, nello stesso edificio dell'Accademia di Belle Arti! Solo chi si è iscritto al liceo circa a metà degli anni '80, come me, ha potuto frequentarlo nella nuova sede!".

"Ma perché dovrebbe mentire sul suo passato?", chiese Simona.

"Non lo so, ma sicuramente nel suo passato c'è qualcosa di oscuro", intervenne Alessandra, che aveva ascoltato con molta attenzione il racconto di Mimmo, e poi continuò: "Riflettiamoci un attimo: su De Vita c'è un black out di 8 anni. Dal 1994 al 2002 è praticamente sparito nel nulla. Nell'82 va in America a studiare all'università e non tornerà più in Italia fino alla morte del padre, nel 2002. Ma tra il 1994 e il 2002 non dà più notizie di sé, si dice che avesse rotto ogni rapporto con suo padre Ferdinando, e così Carlo riappare solo quando il padre muore: dov'è stato in tutti questi anni? Che cos'ha fatto?".

"Giusto in tempo per ereditare" concluse Mimmo.

"Ehi, aspetta un attimo" si illuminò Simona: "Ti ricordi quando eravamo al bar con George, e lui disse che da ragazzino, grazie alla canzone *Careless whispers* di George Michael aveva conquistato una sua compagna di scuola?".

"Sì, mi ricordo, e allora?", chiese Alessandra.

"Ecco, quella canzone è del 1984! Carlo De Vita era già in America all'università, non più un ragazzino che andava a scuola!" rispose Simona.

"Quindi, se De Vita ricorda questo episodio della sua gioventù, vuol dire che nel 1984 era ancora al liceo e non all'università, dove dice di essere stato a partire dal 1982", azzardò Alessandra.

"Ma magari è solo un chiacchierone, un millantatore. Sai quanti ce ne sono in giro!", intervenne Federica.

"Sì, certo, potrebbe essere così, ma quel buco di otto anni nella sua vita mi dà da pensare. Voglio vederci chiaro, e andare a fondo", concluse Alessandra.

L'indomani, in ufficio, il commissario raccontava al suo vice le considerazioni della sera prima:

"Quindi, secondo lei, De Vita ci avrebbe raccontato un sacco di balle sul suo passato? Ma questo che c'entra con gli omicidi?", chiese l'ispettore Farina.

"Beh, magari niente o magari sì, è quello che voglio scoprire! Potrebbe essere un altro tassello di questo rompicapo. Solo che se vado da Corrado e gli racconto che voglio vederci chiaro sul passato di De Vita, e che i miei sospetti si fondano sul nome di una strada e su una canzone, quello mi ride in faccia! Quindi, vorrei fare delle indagini con molta discrezione, diciamo delle indagini 'parallele', capisce cosa intendo?".

"Commissario, conti pure su di me!", rispose Farina con decisione.

"Bene!", sorrise compiaciuta Alessandra.

"Come pensa di procedere?".

"Dunque, Mimmo tra qualche giorno andrà a trovare la sua famiglia a Napoli. Vivono nei Quartieri Spagnoli, cioè dove vivevano i nonni di De Vita. Lì è un po' come un paese, tutti si conoscono, e magari ci sarà qualche vecchio, una memoria storica che ricorda personaggi e fatti di più di 30 anni fa. Certo c'è bisogno di un bel colpo di fortuna, ma almeno proviamoci!".

A volte capitava che i due facessero qualche strappo alla regola, e andassero al di fuori di ciò che la prassi consentirebbe. Era un accordo tacito e Farina non assecondava il suo commissario perché si sentisse in obbligo di farlo, ma semplicemente perché entrambi detestavano burocrazie e procedure che troppo spesso ostacolavano la giustizia. E per "giustizia" non si intendeva l'apparato giudiziario, ma il principio etico.

CAPITOLO 17

Simona era intenta a preparare la valigia: il giorno dopo sarebbe partita per New York. Nei preliminari prima di un lungo viaggio si miscelano molte emozioni contrastanti, nel caso di musicisti, si potrebbe anche dire che le emozioni si "mixano".

L'adrenalina e l'entusiasmo sono a mille, il mal di pancia non se ne va finché non si arriva a destinazione, soprattutto se si ha paura di volare (e Simona ne aveva); a questo si aggiungono lo stress dovuto alla burocrazia, tra passaporto, bollo, visto e permessi vari, e in più il timore di dimenticare sempre qualcosa. La cosa più importante erano gli spartiti. Poteva dimenticare tutto, anche le mutande, ma non gli spartiti dei brani che doveva suonare. Si sentiva un po' come nella famosa pubblicità di un orologio, solo che al posto dell'orologio c'erano le sue partiture musicali dal valore inestimabile.

"Simo, gli spartiti è meglio se li tieni nel bagaglio a mano, perché se per caso la tua valigia si smarrisce, sei sicura di averli con te. E mettici anche pigiama, spazzolino e un cambio per la notte, non si sa mai!", consigliò Federica, alla quale era già capitato una volta che le smarrissero il bagaglio durante un volo.

"Sì grazie Fede, farò così!".

Meno male che c'era Federica, pensava Simona, perché i suoi pensieri erano spesso disordinati, o seguivano una logica molto personale, mentre in certi momenti serviva la mente razionale dell'amica, che era sempre in anticipo su tutto e su tutti. Federica pensava sempre avanti, sapeva prevedere e, quindi, prevenire; la sua mente si muoveva come in una corsa a ostacoli, mentre quella di Simona era perennemente in una corsa campestre.

Quel giorno l'attenzione dell'opinione pubblica era completamente assorbita da un evento storico, tanto incredibile da sembrare un pesce d'aprile: le dimissioni del Papa. Solo che era l'11 febbraio, al massimo poteva essere uno scherzo di Carnevale, ma non lo fu.

E così questa notizia aveva monopolizzato l'interesse di tutto il mondo, diventando il solo argomento di conversazione nei bar, sui social network e nei talk show televisivi, facendo passare in secondo piano le imminenti elezioni politiche e il Festival di Sanremo.

Ne avevano di cose da scrivere i giornali, ne avevano di argomenti i tg e i programmi d'approfondimento, figuriamoci se c'era spazio da dedicare a un delitto di due mesi prima, di cui non si ricordava più nessuno!

"Ormai per un mese si parlerà solo del Papa e delle elezioni!", fece notare Farina.

"Meglio così! Potremo lavorare tranquilli, a fari spenti, senza nessun rompiballe che viene a ficcare il naso per poi andare nei salotti televisivi a esporre le sue teorie!", rispose Alessandra.

Lavorare a fari spenti. Era la situazione ottimale per il commissario Martini e l'ispettore Farina, che non avevano mai amato l'aspetto mediatico del loro lavoro.

Farina aveva effettuato alcune ricerche anagrafiche e ne aveva comunicato l'esito ad Alessandra, che intanto rifletteva sui tasselli di cui disponeva: tutti i personaggi della vicenda avevano qualcosa da nascondere, gli indizi erano molti, troppi per essere considerati delle pure coincidenze; ma se la letteratura ci ha insegnato che tre indizi fanno una prova, è anche vero che altre volte ci ricorda che una giuria è composta da persone scelte per decidere chi ha gli avvocati migliori. E questi personaggi sicuramente li avevano.

Mimmo era andato a Napoli a trovare la famiglia per alcuni giorni, ma tornare ogni tanto nella sua città era per lui più un dovere che un piacere. Napoli ha una strana caratteristica che nessun'altra città possiede: il centro storico, che attira milioni di turisti, coincide con una delle zone più malfamate della città, per cui non si possono ammirare i monumenti e le bellezze architettoniche, senza sbattere la faccia contro il degrado e la delinquenza. Mimmo era nato lì, nei Quartieri Spagnoli, dove i suoi amici d'infanzia, se non erano morti ammazzati, erano in carcere oppure erano emigrati; era cresciuto lì, dove non c'è futuro e la gente non può guardare avanti, ma solo indietro. Nel senso che si vive guardandosi alle spalle.

Si sentiva distante da quel mondo in cui i valori erano poco condivisibili, e in cui parole come "onore", "rispetto", o "coraggio", assumevano ben altri significati.

Questa volta però il suo ritorno a Napoli aveva un sapore diverso: Alessandra gli aveva affidato un compito da sbirro, da svolgere proprio nel suo quartiere, regno della criminalità e dell'illegalità. Nulla di pericoloso, si trattava solo di recuperare delle informazioni che risalivano a più di 30 anni prima, insomma poteva considerarla più una ricerca di carattere storico, piuttosto che un'indagine.

Mimmo andò a trovare la signora Carmelina, un'anziana donna di 87 anni che viveva da sempre in un basso a Montecalvario. Sua madre gli aveva consigliato di farle una visita, perché chiunque volesse sapere cose e fatti accaduti in quei vicoli, addirittura risalenti al periodo della guerra, poteva chiedere a lei. Carmelina aveva conosciuto tutti, e tutti la conoscevano.

Bassina e minuta, capelli bianchi raccolti in un toupé, occhietti vispi, nonostante l'età e gli acciacchi era una vecchietta ancora molto lucida e sveglia. Camminava con un bastone, ma questo non le impediva di guadagnarsi da vivere da sola, visto che dei suoi otto figli, due erano morti, tre erano in galera, due disoccupati e uno emigrato in Australia. Aveva anche 32 nipoti, ma la situazione era la stessa e la proporzione matematica non cambiava. Carmelina era stata a sua volta l'ottava di nove fratelli, e viveva in quel basso con la sorella Assuntina, la nona, che di anni ne aveva 84. Oltrepassando la soglia della porta-finestra, l'odore di fritto proveniente dalla strada si mescolava al profumo di caffè, così come le voci dei cantanti neomelodici si sovrapponevano tra loro. Nella stanza, umida e scura, non entrava mai un raggio di sole. A sinistra, un letto matrimoniale ricoperto da un copriletto a fiori separava due grossi comodini, invasi da numerose cornici con foto di famiglia che attraversavano quattro generazioni. Dato l'elevato numero di parenti, ciò che i comodini non riuscivano a contenere era appeso alle pareti, che tra una foto e l'altra lasciavano intravedere qualche crepa sul muro e qualche macchia di umidità. Su tutti vegliava l'immagine della Madonna di Pompei. Al centro, dietro un muretto basso su cui era appoggiata una tv, c'era un cucinotto con le piastrelle corrose dal tempo, mentre a destra un tavolo rotondo di legno, con un centrino lavorato all'uncinetto, precedeva un armadio-credenza i cui cassetti con le stoviglie erano accanto a quelli della biancheria. Le due vecchiette, gonna lunga e scialle di lana sulle spalle, erano sedute su due sdraio davanti al davanzale dell'ingresso: quello era il loro punto d'osservazione del mondo.

"Giuvinò, voi siete il figlio di donna Maria? Quello milanese?", chiese Carmelina, sforzandosi di parlare in italiano, pensando che il figlio "milanese" della signora Maria non capisse il dialetto.

"Sì signó, sono io, ma non sono milanese!", rise Mimmo.

"Ve la pigliate 'na tazzulella 'e cafè? Per voi è gratis!".

Già, gratis. Perché il lavoro di Carmelina era proprio questo, preparare il caffè. Chiunque abbia voglia di un caffè, a qualsiasi ora del giorno e della notte, sa che può bussare alla porta del basso di Carmelina ed ecco, in pochi minuti, pronta la tazzulella 'e cafè: un euro. La pensione non le bastava neanche per pagare l'affitto, figuriamoci per mantenere la sorella e aiutare figli e nipoti disoccupati! In qualche modo doveva pure arrangiarsi e, in quelle zone, l'arte di arrangiarsi non si perde neanche a 90 anni.

"Carmelì, tu ti devi trovare un lavoro onesto", la rimproverava Assuntina, "perché, con tutti questi finanzieri che girano, un giorno o l'altro ti sequestrano l'attività!".

L'attività di Carmelina era una caffettiera.

"Non date retta a mia sorella, a quella la capa non l'aiuta da dieci anni, da quando gli ammazzarono il figlio durante una sparatoria! Mo' s'è messa in capa che mi devo trovare un lavoro, a 87 anni! Quand'ero più giovane andavo a fare i servizi a casa delle signore qui a Montecalvario, ma mo', a 87 anni, pozz' fa' sul' 'o cafè!".

Mimmo sorrideva divertito, pensando che chiunque ci metterebbe la firma perché in quella zona le attività illegali fossero tutte così.

"Signora Carmela, voi da quanto tempo abitate qui?".

"Io so' nata qui! Conosco a tutti quanti e tutti conoscono a me!", rispose con orgoglio.

"E vi ricordate di tutta la gente che ha abitato qui in tutti questi anni?".

"Tutti quanti! Mi ricordo pure di quando c'erano gli americani!".

"E ditemi una cosa, vi ricordate per caso di due vecchi che abitavano al vico qui dietro, più di 30 anni fa... si chiamavano Pia e Vincenzo Sepe?".

"Eccome no! Io 40 anni fa sono stata al servizio dalla signora! Tenevano pure una figlia, Anna, che stava di casa a Posillipo. Poverella, 'na brutta malatia, murette giovane, era 'na brava figlia. Invece o' marit' era nu fetente!".

"Carmelì, che dici! Non si parla male dei morti!", la rimproverò la sorella.

"Assuntì, statt' zitta! Era 'nu fetente e basta!", sentenziò Carmelina, ma non si fermò qui: "Ti sei scordata chell' ca facette a Concettina, la figlia della signora Santoro? La dirimpettaia della signora Sepe ca se ne jette in America nel 1970?".

"Chella guagliona era 'na zoccola!", ribatté Assuntina.

"Chella era 'na creatura! Teneva sedici anni! Era senza padre e chillu fetente se n'approfittaje! E dopo che successe il fattaccio, la signora Santoro si prese a Concettina e si trasferirono da certi parenti a Nova York".

La signora Carmelina era un fiume in piena e Mimmo non osava interromperla. Era colpito dalla lucidità e dalla memoria della vecchietta, che ricordava minuziosamente ogni dettaglio di un pettegolezzo d'epoca come se fosse accaduto il giorno prima.

Ora Carmelina aveva smesso di litigare con la sorella e si rivolgeva di nuovo a Mimmo, passando dal dialetto all'italiano: "Quella povera Anna morì per colpa di quel fetente! Si ammalò per tutti i dispiaceri che gli aveva dato il marito, che stava sempre appresso alle altre femmine! Teneva pure un'amante a Milano, e neanche il tempo di piangere la moglie, che già s'era risposato! Per quella povera signora Pia non bastò il dolore per la morte dell'unica figlia che teneva, ma pure il dispiacere per la partenza del suo unico nipote, che non vide mai più!".

"Signó, e perché non lo vide più? Non tornava ogni tanto a trovare i nonni?", chiese Mimmo.

"E no, perché a Carletto (così si chiamava il nipote), non lo voleva la nuova moglie di quel fetente, e quindi lo mandò a studiare in un collegio in Svizzera. Tornava solo per le feste, e quindi le passava col padre a Milano oppure don Ferdinando (così si chiamava quel fetente) se lo portava da qualche parte in vacanza. Mai una sola volta a trovare i nonni lo portò! Quelli non si potevano soffrire l'uno con l'altro. Insomma, don Ferdinando era n'omm 'e merda!", sentenziò Carmelina, e stavolta non ammetteva repliche.

"Signó, e voi come le sapete tutte 'ste cose?".

"Perché quella povera signora Pia si sfogava con me! Mi leggeva le lettere che il nipote gli scriveva dalla Svizzera, che voleva vedere i nonni, ma il padre non lo faceva andare a Napoli".

"E che tipo era il nipote? Ve lo ricordate?".

"Come no, io l'ho cresciuto! Era un bambino timido, chiuso, parlava poco, non era come gli altri bambini, e pure quando s'è fatto più grande, quando teneva 13 anni, non gli piaceva giocare con gli altri ragazzini dell'età sua, non si trovava bene; chillu guaglione era troppo sensibile, e teneva soggezione del padre... chill'omm 'e merda faceva lo sciupa femmine pure davanti al figlio!".

"Addirittura! Ma quindi amici ne teneva 'sto ragazzino o no?", chiese Mimmo.

"Pochi. I guaglioni qua lo sfottevano, dicevano che doveva andare a giocare con le femmine, perché non gli piaceva giocare a pallone. Uno solo lo difendeva, Gennarino, il pizzaiolo qui all'angolo! Gennarino era 'nu bravo guaglione, tenevano la stessa età, e quando gli altri ragazzi lo sfottevano, lui si metteva in mezzo e lo difendeva!".

"E invece, in collegio, amici se n'era fatti?".

"Sì, in collegio sì. Mi ricordo che, in una delle ultime lettere che aveva scritto alla nonna, diceva che aveva un amico nuovo che si chiamava Gianfranco, me lo ricordo ancora il nome!", disse con orgoglio Carmelina, che non perdeva occasione per ostentare la propria memoria.

"E qualche fidanzata non ce l'aveva? Non ha mai scritto niente in qualche lettera?".

"No, fino a che sono arrivate queste lettere, non c'era scritto niente se teneva 'a 'nnammurata o no. Poi, il 23 novembre del 1980, il povero signor Vincenzo morì d'infarto durante il terremoto, mentre la signora Pia, con la casa terremotata, andò a finire in una roulotte... e pure lei morì dopo un anno. E poi nun aggio saputo chiù niente 'e Carletto. Dieci anni fa incontrai un parente loro, e mi disse che don Ferdinando se n'era andato all'altro mondo".

Mimmo era andato dalla signora Carmelina con un piccolo registratore digitale e, di nascosto, aveva registrato la conversazione. Tornato a casa, chiamò Alessandra: "Ciao Ale, tutto ok?".

"Ciao Mimmo, sì, io bene, ma dimmi tu, com'è andata? Sei riuscito a trovare quelle informazioni che t'avevo chiesto?".

"Ho fatto di più: le ho anche registrate e tra un po' ti mando un mp3; solo che la conversazione è spesso in dialetto, quindi avrai bisogno di un traduttore", rise Mimmo.

"Non c'è problema, uno degli agenti è napoletano, mi farò aiutare da lui".

"Comunque la mia ricerca non è finita, perché domani devo andare a trovare un'altra persona. Poi ti dico. Ci sentiamo domani".

"A domani, e grazie!".

Già, la ricerca non era finita perché Mimmo voleva andare alla pizzeria di Gennarino, che quel giorno però era di chiusura. Decise quindi di tornare l'indomani in quel vicolo a mangiare una pizza.

CAPITOLO 18

La signora Maria, 65 anni, capelli argentati e seno prosperoso, era parecchio risentita del fatto che il figlio non si sarebbe fermato a pranzo: "Ma come? Ti ho fatto la parmigiana di melanzane che ti piace tanto e tu te ne vai a mangiare la pizza fuori?".

"Scusa mamma, devo fare una cosa importante. Ma conservamela per stasera, che tanto sarà buona lo stesso!", la tranquillizzò Mimmo.

Nella pizzeria di Gennarino il colore predominante era l'azzurro. Le pareti erano ricoperte da bandiere, sciarpe e magliette del Napoli, c'erano poster di calciatori di ieri e di oggi, vecchie foto di famiglia, mentre sulla parete dietro la cassa c'erano tre immagini sacre: San Gennaro, Padre Pio e Maradona.

Erano le 13, troppo presto per pranzare a Napoli, per cui il locale era ancora deserto. Mimmo ne approfittò, si accomodò a un tavolo vicino alla cassa, ordinò una margherita e chiese di Gennarino.

"Sono io", rispose il signore che aveva preso l'ordinazione. Era un uomo sui 50 anni, con dei capelli grigi e ricci, un orecchino, qualche tatuaggio visibile sulle braccia, dei baffi da sparviero, ma soprattutto una pancia che sembrava potesse contenere l'intero menù.

Tutto sommato l'aspetto era simpatico, per nulla inquietante, e Mimmo ne ebbe subito la conferma quando tra i due fu rotto il ghiaccio: "Ah, ho capito, voi siete il figlio di donna Maria, quello milanese! Ho saputo che ieri siete stato a trovare Carmelina".

Le notizie volavano in quei vicoli e quindi era probabile che Gennarino sapesse già il motivo della visita, per cui Mimmo giocò d'anticipo.

"Sì sono stato da Carmelina. Mamma mia, quella vecchietta è un fenomeno! Si ricorda i fatti di tutti quanti. Io devo fare una ricerca sulla vita nei Quartieri Spagnoli tra gli anni '60 e gli anni '80, perché stiamo organizzando una mostra fotografica a Milano, e siccome c'è un'amica milanese che lavora con me e conosceva Carletto De Vita, che però poi ha perso di vista da quando se n'è andato in America, allora mi ha chiesto di cercare informazioni su di lui e sulla famiglia. Insomma, fare delle ricerche su persone e aneddoti di quell'epoca", si giustificò Mimmo, per non destare in alcun modo il sospetto che l'amica che gli aveva chiesto quelle informazioni fosse in realtà un commissario di polizia.

"E che avete bisogno di Carmelina?", obiettò l'uomo, e poi continuò: "Oggi ci sta feisbùc, se la volete trovare una persona la trovate subito co' feisbùc".

"Sì, avete ragione, ma su Facebook i fatti come li racconta Carmelina non ci stanno!", ammiccò Mimmo, e continuò il discorso: "E poi la mia amica... diciamo che non si vorrebbe compromettere, sa com'è, quand'erano giovani... insomma un piccolo amore di gioventù", lasciò intendere Mimmo, ma fu sorpreso dalla risposta di Gennaro: "Ma voi veramente state dicendo? Amore di gioventù? Ma se quello Carletto lo sapevano tutti quanti che era un poco ricchione! I guaglioni lo sfottevano per questo, gli dicevano che doveva andare a giocare con le femmine! Quello per questo teneva soggezione del padre, perché don Ferdinando stava appresso a tutte le guaglione e gli voleva insegnare al figlio come doveva fare pure lui, e Carletto un giorno mi disse: "Gennarì, mio padre vuole che divento come lui, ma a me le femmine non m'interessano, che devo fare?". E io gliel'ho detto tante volte: "Carlé, tu non dar retta né a tuo padre né a quei fetenti che ti sfottono, non dar retta a nessuno, fai quello che ti senti e basta!". Poi se ne andò a Milano e non lo vidi mai più. A quei tempi non era come oggi, non ci stava internèt, il telefono costava, e la gente che se ne andava non la vedevi più. Poi venne pure il terremoto e molti di noi se ne dovettero andare dalle case pericolanti, alcuni stavano nelle roulotte, altri negli alberghi, quelli che tenevano parenti fuori se ne andarono in America o in Australia. Insomma, le persone si perdevano facilmente e non si trovavano più", concluse con amarezza Gennarino, per un attimo perso nei ricordi di gioventù, ma poi di colpo sembrò risvegliarsi, ricordandosi di una cosa: "Ah! signor Mimmo, ma sapete che forse tengo ancora una foto vecchia in cui ci stavamo tutti quanti, e c'era pure Carletto? Aspettate, è una di queste appese al muro, eccola qua! Questo ero io a 13 anni, e questo era Carletto!".

Gennarino staccò la foto dal muro, la porse a Mimmo, e intuendo il suo desiderio gli disse: "Prendetela, me la portate la prossima volta che tornate a Napoli!".

Anche questa conversazione era stata registrata e ora Mimmo stava inviando via mail sia l'mp3 che la foto; a quel punto chiamò Alessandra: "Ciao, come va? Non immagini cosa ti sto inviando!".

"Beh, quello che mi hai mandato ieri è già molto interessante. Hai trovato altro?".

"Ho trovato di meglio! Non ti anticipo nulla. Ascoltati l'mp3 che ti mando ora, stavolta non ti serve neanche il traduttore", ironizzò Mimmo.

"Wow! Dai, non tenermi sulle spine! Dimmi qualcosa".

"No no, dovrai ascoltare tutto!", la stuzzicò, e poi continuò: "Non solo: ti mando anche una foto scannerizzata di

Carlo De Vita a 13 anni insieme agli amichetti del quartiere; è il primo a sinistra, ma tanto lo riconosci subito: è rimasto uguale!".

"Noo!" Esclamò Alessandra, che non immaginava di raccogliere perfino una foto dell'epoca.

"E tu, invece? Come va, ci sono passi avanti nell'indagine?".

"Sì, c'è una novità: dai tabulati telefonici sembra che il dottor De Rossi si trovasse a Lugano proprio nel giorno in cui è stato ucciso Mauro Bertone!".

"Ah! Interessante".

"Sì, sicuramente interessante, anche se in realtà dai tabulati si può vedere che De Rossi va in Svizzera in media due-tre volte a settimana, come d'altronde faceva anche la Filiberti".

"Beh, resta il fatto che però quel giorno lui era lì!".

"Sì, infatti! Senti un po', tu quando torni?".

"Dopodomani sera. Se Federica è libera viene a prendermi lei alla stazione di Rogoredo, se no prendo la metro".

"Ok, ci vediamo dopodomani allora, ciao!".

Mimmo osservava la foto che gli aveva lasciato Gennarino: una vecchia polaroid con i colori sbiaditi, in cui si distinguevano 4 ragazzini con la faccia da scugnizzo e un altro, leggermente defilato a sinistra, che sembrava di tutt'altro ambiente. Aveva un aspetto più delicato degli altri, era vestito con abbigliamento tipico degli anni '70, una camicia aderente con maniche larghe, colletti lunghi e appuntiti, pantaloni eleganti a zampa d'elefante; dai lineamenti era riconoscibile, ma lo sguardo aveva qualcosa di diverso.

CAPITOLO 19

Alessandra e Farina avevano ascoltato gli mp3, recuperando così notizie molto interessanti che riguardavano il passato; contemporaneamente stavano esaminando anche documenti che riguardavano il presente: "Qui è evidente che questi bonifici partono dalla Johnston & sons, e vanno a finire su dei conti svizzeri. Ma per sapere a chi sono intestati mi sa che bisognerà richiedere una rogatoria internazionale!", fece notare Farina.

"Sì, infatti. Intanto, però, voglio chiamare un mio amico. Si ricorda di Joe, il detective italoamericano della polizia di New York che abbiamo conosciuto durante quel convegno a Roma?".

"Sì, certo! Circa due-tre anni fa se non sbaglio".

"Sì sì, siamo rimasti in contatto e, ogni tanto, ci sentiamo su Skype!".

"Adesso sono le 18, quindi a New York è mezzogiorno. Vedo che Joe è online, provo a chiamarlo".

Il modo di parlare del detective Joe Capurro era quello tipico degli italiani nati in America: "Hello Alexandra! Cumm'stai? Fa friddo pure in Italy?".

"Ciao Joe! Come stai? Io bene. Sì fa freddo anche qui. Senti Joe, ho bisogno di un favore personale: puoi mandarmi via mail una lista di tutte le persone scomparse a New York nel 1994?".

"Ok. Ti servono tutte? Cioè, maschi e femmine, giovani e vecchi?".

"Diciamo uomini tra i venti e i trent'anni; me lo puoi fare questo favore?".

"Yea, nun te preoccupa', ci penzo io!".

Terminata la conversazione, Farina commentò: "I miracoli della tecnologia! Una volta chiamare in America era un gran casino, costava di brutto, e si sentiva anche male, e oggi con sto Skype si sente come se Joe fosse nella stanza accanto. E tutto gratis! Si può telefonare anche in capo al mondo senza usare il telefono!".

Alessandra sussultò, come se l'osservazione di Farina l'avesse illuminata: "Ma certo! Skype!".

"Che succede commissario?".

"Ma certo! Perché non ci abbiamo pensato subito? È per questo che dai tabulati non risultano telefonate tra tutti i nostri personaggi sospetti! Si potevano sentire tra di loro attraverso Skype, perché in questo modo le chiamate non lasciano traccia e non possono neanche essere intercettate!".

"Ha ragione! Ma come facciamo però a essere certi che si siano realmente sentiti tra loro attraverso Skype?", chiese dubbioso Farina.

"Allora: se l'hanno fatto dai loro uffici, attraverso i loro computer, possiamo solo verificarlo sequestrandoli. Ma Skype è utilizzabile anche attraverso gli smartphone e, in quel caso, anche se non risultano conversazioni sotto forma di telefonate, nei tabulati telefonici dovrebbe risultare un enorme traffico dati sulla navigazione in internet".

"Va bene commissario. Ora è tardi, ma domattina faccio verificare subito!".

"Perfetto! A domani allora!".

Alessandra e Federica stavano cenando insieme, ma non essendoci né Simona, che era a New York, né Mimmo, che era ancora a Napoli, il menu era composto da una semplice insalata e un minestrone surgelato.

"Meno male che domani torna Mimmo!", rise Federica, mescolando il minestrone, e versandolo con un mestolo nel piatto di Alessandra.

"Già. E Simona? L'hai sentita? Come vanno le cose a New York?", chiese il commissario sedendosi a tavola. La cucina di Federica e Simona era speculare a quella di Alessandra, stesso tavolo in marmo, ma le credenze erano in formica giallo oro e gli elettrodomestici decisamente più stagionati.

"Sì, ci siamo sentite ieri sera su Skype, mi ha detto che il primo concerto è andato benissimo e domani ha il secondo. Dovrebbe tornare mercoledì, credo".

"Bene, magari faccio in tempo a chiederle un favore", pensò ad alta voce Alessandra.

"Hai bisogno che ti porti qualcosa da New York? O vuoi mandarla in missione all'FBI?", rise Federica.

"Ancora non lo so, dipende dalle notizie che mi manderà il mio amico Joe, il detective americano".

Alessandra fece un breve riassunto delle ultime novità, degli mp3 e della foto ricevuti da Mimmo.

"Ahahah! Grande Mimmo! Se continua così vi toccherà assumerlo in polizia!".

"E il tuo lavoro come va? Hai trasferte in vista?", chiese Alessandra col preciso intento di cambiare totalmente discorso. Sentiva il bisogno di staccare la spina: troppo stress le stava provocando quel caso, troppi tasselli da mettere insieme che le avevano tolto il sonno, e quella sera aveva talmente bisogno di resettare il cervello, che era addirittura disposta a parlare di calcio, argomento che detestava totalmente. Federica ne fu sorpresa e, da brava scorpioncina, la punzecchiò: "E da quando ti interessa il mio lavoro?".

"Da stasera, perché voglio dimenticare il mio almeno per due ore!", ribatté scherzosamente Alessandra che, pur essendo un capricorno, non credeva minimamente che le sue scornate quotidiane sul lavoro o nella vita privata fossero da attribuire allo zodiaco.

"Beh, comunque trasferte non ne ho in programma. In questo periodo sto seguendo solo gli allenamenti, anche se, in verità, quando devo partire me lo comunicano il più delle volte da un giorno all'altro. Però, forse, la settimana prossima potrebbe capitarmi di fare un salto a Ginevra!".

"A vedere una partita?".

"No no, a vedere uno stadio, cioè, forse devo scrivere un articolo sullo stadio di Ginevra, dove a marzo si giocherà la partita Italia-Brasile".

"Italia-Brasile a Ginevra? Ma c'è un campionato mondiale o qualcosa del genere?".

"Ahaha, ma no! È solo un'amichevole! I Mondiali ci saranno l'anno prossimo, in Brasile!".

"E perché si gioca in Svizzera?".

"Probabilmente per lo stesso motivo per cui una finale di Supercoppa italiana si gioca a Pechino: sponsor, pay tv... insomma, motivi economici!".

"Già, ovvio, motivi economici", sottolineò con amarezza Alessandra, e i suoi ricordi tornarono ai tempi in cui era bambina e il calcio era ancora un gioco. Suo padre, vecchio cuore granata, ogni domenica pomeriggio ascoltava alla radio le partite ed esultava ai goal di Pulici e Graziani che regalarono l'ultimo scudetto al Torino nel 1976. Le aveva raccontato la leggenda del Grande Torino come fosse una favola, purtroppo senza il tradizionale lieto fine. Ma, a quei tempi, in ogni storia o leggenda legata al calcio c'era sempre qualcosa di poetico e la figura del calciatore era quella di un eroe romantico. Poi, un giorno, suo padre sentì parlare un tale in tv, ospite di una famosa trasmissione sportiva, il quale affermava che "Si ritenevano molto soddisfatti del prodotto Torino". Il "prodotto Torino"? La gloriosa squadra che aveva fatto la storia del calcio non era più una "squadra", ma era diventata un "prodotto"? A quel punto fu preso dallo sconforto, perché capì non solo che il calcio era cambiato, ma che anche il mondo era cambiato e nulla sarebbe più tornato come prima: mai più squadre, solo prodotti; mai più un gioco, ma solo un business. Il mercato aveva iniziato a rubare anche i sogni.

"Che hai Ale? Mi stai ascoltando o no?".

"Sì, scusa. Ero immersa nei miei ricordi d'infanzia. Sai, quand'ero bambina il calcio non mi dispiaceva, giocavo anche a pallone con i miei amichetti! Ma poi è cambiato tutto, e ho iniziato a odiarlo".

"Certo, ti capisco, anch'io a volte ne ho il disgusto. Però ti consiglierei di seguirlo di più, perché il calcio è lo specchio della nostra società".

"In che senso?".

"Nel senso che attraverso gli sport più seguiti si potrebbe studiare la storia! Quindi se capisci in che direzione va il calcio, puoi capire anche in che direzione sta andando il mondo!".

"Dici?", chiese Alessandra un po' scettica.

"Certo! I grandi cambiamenti della storia si riflettono inevitabilmente sullo sport, ma a volte può succedere anche il contrario, cioè che sia lo sport a cambiare il corso della storia!".

"Cioè?".

"Beh, l'esempio più noto riguarda in verità il ciclismo: a salvare l'Italia dal rischio di una guerra civile nel 1948 non fu nessun politico, ma Gino Bartali riuscendo a vincere il Tour de France!".

"Ah sì, l'avevo già sentita questa storia. Ma nel calcio?".

"Beh, potremmo parlare del muro di Berlino, caduto nel novembre del 1989, e di una Germania in fase di riunificazione che vincerà i Mondiali del 1990! Potremmo continuare parlando della fine del comunismo nei paesi dell'Est, che ha consentito la nascita di quei petrolieri russi che hanno comprato squadre di calcio sconosciute trasformandole in grandi club che possono permettersi di pagare i più forti calciatori del mondo!".

"Ok basta così, ho capito", tagliò corto Alessandra, e poi ironizzò: "Dimmi un po', dici che una maggiore conoscenza del calcio potrebbe aiutarmi anche a risolvere il caso?".

"Beh, intanto, grazie a una partita di calcio, Mimmo ha individuato la data in cui era stata scattata quella foto che non ti faceva dormire la notte: si è accorto lui che era il 9 dicembre, perché sullo schermo c'era Inter-Napoli!".

"Sì, è vero. Però abbiamo la data, ma non il personaggio di spalle! Inizialmente pensavamo potesse essere De Vita, per via di una giacca particolare appoggiata sulla sedia; poi però abbiamo dovuto escluderlo, perché quel 9 dicembre era al lago, a casa di amici, e ha una decina di persone che possono testimoniarlo. Quindi siamo punto e a capo!".

"Ma posso vederla anch'io 'sta foto? L'hanno vista tutti tranne me!", protestò scherzosamente Federica.

"Sì, ora te la mostro dall'iPad, eccola qui!".

"Ingrandisci questo particolare".

"Ok, così va bene?".

"Aspetta, fammi vedere, ma questo è Pazzini!", esclamò con sorpresa Federica.

"E chi è?".

"Questo giocatore dell'Inter che ho ingrandito!".

"E quindi?".

"E quindi Pazzini quest'anno non è più un giocatore dell'Inter, ma del Milan, per cui questa partita non è Inter-Napoli di questo campionato, ma dello scorso campionato!".

"Quindi mi stai dicendo che quando è stata scattata questa foto non era il 9 dicembre del 2012, ma...?".

"Ma era il 1 ottobre del 2011!".

CAPITOLO 20

"Bene! Ora sappiamo che quella foto non è del 9 dicembre scorso, e quindi l'uomo di spalle potrebbe essere De Vita!", esclamò Farina.

"Ma anche se fosse lui, cosa cambierebbe? Non vedo nessun reato in questa foto, sei tu Ale che ti sei fissata! Io qui vedo solo una festa di compleanno, e due uomini che parlano seduti a un tavolino in fondo!", affermò il PM Marchetti, che restava scettico sull'importanza di quella foto.

"Corrado ma non capisci? Se quest'uomo è davvero De Vita, vuol dire che ci hanno mentito, sia lui che De Rossi! Entrambi sostengono di essersi conosciuti nel dicembre 2011 per definire la compravendita della Gold Share Productions, e in totale si sarebbero visti non più di due-tre volte, tra dicembre 2011 e aprile 2012. Ma se l'uomo della foto è davvero lui, vuol dire che i due si erano già incontrati il 1 ottobre 2011 all'insaputa di tutti!", sostenne Alessandra con decisione. A volte Corrado era proprio cocciuto! D'altronde era sempre stato così, anche quando erano sposati, pensava Alessandra. Ma quando a Marchetti capitava di lavorare insieme alla sua ex moglie, si comportava come se fosse l'avvocato del diavolo, cercando sempre di smontare o minimizzare ogni sua teoria, quasi come se tra i due ci fosse una rivalità inconfessata. Forse il suo eccesso di zelo e il timore che qualcuno dall'alto potesse imputargli un trattamento di favore nei confronti della sua ex moglie lo portavano a non assecondare mai con facilità nessuna teoria o richiesta del commissario Martini, soprattutto se si trattava di qualcosa che poteva pestare i piedi a qualche potente. Quindi il PM voleva prove e certezze, non teoremi.

"Se, se, se! Con i 'se' e con i 'ma' non andiamo da nessuna parte, vuoi capirlo o no? 'Se' quello di spalle fosse De Vita... ma come faccio io ad accusare una persona (di cosa poi non è ancora chiaro), sulla base di una foto in cui si vedono mezza testa girata di spalle, un braccio e una giacca (come ce ne sono migliaia), e affermare con certezza che sia lui? Quelli hanno i migliori avvocati italiani e ci riderebbero in faccia subito! Io ho bisogno di pro-ve!".

"Allora comincia a chiedere una rogatoria internazionale per quei conti svizzeri!".

"Quello l'ho già fatto!".

Farina cercò di smorzare la tensione cambiando discorso: "Scusate, ho qui il fascicolo che riguarda i tabulati telefonici commissario. In effetti il traffico dati tra novembre e dicembre di De Rossi è molto alto, si aggira intorno a un giga, e così pure quello di Manzini, mentre quello di De Vita è all'incirca di 500 mega; stranamente quello che ha avuto il consumo più alto è stato Mauro Bertone: circa tre giga!".

"Beh, strano fino a un certo punto, perché di questi quattro Bertone era l'unico che non aveva nessun computer, così come ci ha riferito la sua fidanzata, quindi qualunque cosa volesse fare, scaricare audio, video, navigare o anche chiamare via Skype, poteva farlo solo col suo smartphone, mentre gli altri potevano farlo tranquillamente anche dai loro computer", fece notare Alessandra.

Ma il PM, come al solito, storse il naso: "Ci risiamo! Questa di Skype è un'altra delle tue teorie non verificabili. Se questi invece hanno usato il telefonino solo per guardare dei video, chi può dimostrare il contrario? Te l'ho detto, posso anche riconsiderare tutte queste tue ipotesi, a patto che mi arrivi una prova regina! Portami qualcosa di inconfutabile e schiacciante, e ne riparliamo!".

Era mezzanotte, Alessandra era a letto col suo computer portatile appoggiato sulle ginocchia; stava per spegnerlo, quando si accorse che era arrivata una mail: era la lista inviata da Joe. Gli occhi le si chiudevano dalla stanchezza, ma la curiosità era tanta, per cui fu assalita da un dubbio amletico: aprire o non aprire? Certo poteva dormirci su e pensarci con calma l'indomani mattina. Però, infondo, un'occhiata veloce poteva anche darla subito, giusto un minuto, e poi il giorno dopo l'avrebbe riguardata con più attenzione. Sì, ma se poi avesse trovato qualcosa d'importante, domani mattina non avrebbe potuto chiamare Joe, ma avrebbe dovuto aspettare il pomeriggio, per via del fuso orario, mentre ora a New York erano le 18 e Joe era online. Si decise ad aprire il file e leggere l'elenco di persone scomparse nel 1994, e la sua attenzione si soffermò su di un nome: *Santoro Frank, nato a New York il 16 gennaio 1971, scomparso a New York il 23 giugno 1994, ritrovato morto il 20 settembre 1994.*

Joe era sempre online e Alessandra ne approfittò per fargli una videochiamata.

"Hello Alexandra! Stai durmendo? Ti ha svegliato la mia mail?", rise Joe.

"Ahah, sì, stavo per addormentarmi, ma poi ho visto che mi avevi scritto e così ho deciso di chiamarti. Senti un po' Joe, nella lista che mi hai mandato ho letto un nome che potrebbe interessarmi e di lui vorrei sapere tutte le informazioni che puoi riuscire a trovarmi: si tratta di questo Santoro Frank, puoi farmi avere un dossier completo su di lui?".

"Ma chi è questo tizio, uno importante in Italy?".

"Non credo, perché?".

"Perché sei il terzo detective che mi chiede di lui!".

Alessandra rimase stupita per questa rivelazione di Joe, e gli chiese chi fossero gli altri due.

"Guarda Alexandra, il primo è stato un private detective molto famoso qui, mi sembra circa un anno e mezzo fa, e il secondo un altro detective che lavora per un famoso avvocato di New York, circa cinque-sei mesi fa".

"Posso avere i nomi di questi due detective?".

"Guarda Alexandra, io posso pure darteli, ma non ti servono a niente, perché non ti diranno mai chi sono i loro clienti che gli hanno chiesto questa informazione".

"E tu non hai idea di chi fossero questi misteriosi clienti?", chiese Alessandra, cercando di stuzzicare l'ego di Joe, che sapeva di essere uno dei migliori poliziotti di New York.

"Io i nomi di questi tizi non li so, ma da alcune cose ho capito che questo ingaggio era arrivato da persone che stanno in Italy".

"Tutti e due i detective?".

"Sì, tutti e due".

"Ma è stata una sola persona che ha ingaggiato tutti e due oppure pensi che siano stati due clienti differenti?".

"No, sono due diversi".

"Quindi, Joe, tu potresti dare anche a me le stesse informazioni che hai dato a loro?", chiese speranzosa Alessandra.

"Yea, sure! Tu dormi tranquilla, che domani mattina quando ti svegli ti faccio truva' tutt' cos' nella tua mail!".

"Thank you Joe! Sei un grande!".

"You're welcome! Good night Alexandra!".

CAPITOLO 21

Sulle strade di Manhattan la neve si era ormai sciolta e Simona si stava godendo il suo ultimo giorno a New York passeggiando sulla 5th avenue, diretta verso la 48th street, strada in cui ci sono diversi negozi di strumenti musicali. Le faceva una strana impressione camminare in mezzo a tutti quei grattacieli, si sentiva come Pollicino, circondata da giganti che la scrutavano dall'alto. È strano come a New York ci si possa sentire osservati più dai grattacieli che dalla gente.

Era mezzogiorno e il cuore della metropoli batteva in maniera intensa e frenetica, tanto che a Simona tornarono in mente le parole della famosa canzone dedicata alla città: *I want to wake up in that city that never sleeps*, "voglio svegliarmi in quella città che non dorme mai". Ora più che mai poteva toccare con mano e sentire sulla propria pelle il significato di quelle parole.

Erano ore che camminava, per cui decise di prendersi una pausa e di riposarsi in uno dei tanti caffè di Broadway. Si sedette a un tavolo, con una fetta di torta alle mele e un latte macchiato, quando le squillò il cellulare: "Ciao Ale! Che succede? Hai bisogno di qualcosa?".

"Ciao Simo, tutto ok? Quando riparti?".

"Domani mattina, perché?".

"Ho bisogno di un favore. Hai tempo di andare in un posto a Little Italy?".

"Sì, certo, oggi ho la giornata libera, sono in giro a fare la turista".

"Ok, grazie! Adesso ti spiego cosa devi fare".

Alessandra aveva finito di tradurre il dettagliato dossier ricevuto da Joe, in cui c'erano dei particolari molto interessanti.

"Santoro Frank, nato a New york il 16 gennaio del 1971 da madre Italiana e padre sconosciuto, scomparve ufficialmente il 23 giugno 1994 e il suo cadavere fu ritrovato il 20 settembre 1994 nelle acque della Lower Bay di New York. Santoro era ricercato per traffico di droga, ma quando i poliziotti si recarono nel suo appartamento per arrestarlo non trovarono nessuno. Il vicino di casa disse che non lo vedeva da alcuni giorni, e che viveva da solo, perché la madre era morta il mese prima; secondo la testimonianza di questo vicino, l'ultima volta che lo incontrò, Santoro gli disse che stava andando a trovare una persona in un hotel. Quando fu ritrovato il corpo si pensò subito a un omicidio per un regolamento di conti. Secondo l'autopsia, però, non c'era nessuna traccia di violenza sul cadavere, ma sembrava fosse morto per un malore. A quel punto fu presa in considerazione la testimonianza di alcune persone che sostenevano di aver visto, proprio il pomeriggio del 23 giugno, numerosi tifosi ubriachi con la bandiera italiana buttarsi nelle acque del fiume Hudson per festeggiare la vittoria dell'Italia nella partita che si era da poco disputata al Giants Stadium, in occasione dei Campionati Mondiali di calcio. Si pensa che Santoro possa essersi aggregato a questo gruppo di tifosi e che, colto da un malore, possa essere annegato senza che nessuno si accorgesse di lui.

Dato lo stato di decomposizione in cui fu trovato il cadavere, non fu possibile effettuare nessun riconoscimento, ma nelle tasche furono ritrovati i documenti che ne attestavano l'identità, e il vicino di casa riconobbe gli abiti con cui l'aveva visto l'ultima volta, anche se sosteneva che invece le scarpe non erano le stesse.

Il caso fu archiviato come incidente".

Nel dossier c'era scritto anche che Santoro aveva alcuni parenti, che però non frequentava da anni, c'erano nomi, cognomi, indirizzi e numeri di telefono dell'epoca.

Alessandra notò che anche questa volta, casualmente, c'era di mezzo una partita di calcio e si ricordò della conversazione avuta con Federica qualche sera prima.

Simona stava camminando sulla Broadway verso sud, aveva circa mezzora di strada a piedi da percorrere; avrebbe potuto prendere la metropolitana, ma passeggiare in mezzo a quei grattacieli era come sentirsi nel cuore di un set cinematografico e per nulla al mondo ci avrebbe rinunciato, anche se sapeva bene che i suoi muscoli avrebbero presentato il conto: "ma chi se ne frega, a Milano me ne starò a letto per una settimana!", pensava, e intanto assaporava e viveva intensamente ogni attimo e ogni passo.

Ideogrammi variopinti le fecero capire di essere entrata nella Chinatown, ma dopo un po' i mille colori cinesi si confondono col tricolore italiano e non si capisce più dove inizi un quartiere e dove finisca l'altro.

Little Italy si trova all'interno di Chinatown e, camminando attraverso stradine e piccoli palazzi che nulla hanno a che fare con i grattacieli di Manhattan, si entra e si esce continuamente da un mondo all'altro, passando da un ristorante cantonese a una trattoria toscana, mentre i rumori della strada mescolano parole in dialetto napoletano con parole in lingua mandarino.

Simona cercava una pizzeria, ormai era quasi arrivata a destinazione, svoltò l'angolo: eccola!

Alessandra era in cucina a prepararsi qualcosa per la cena, quando le squillò il cellulare: "Ciao Simona! Allora? Sei stata all'indirizzo che ti avevo dato? Com'è andata?", chiese Alessandra con impazienza.

"Sì, sì, bene, posso confermarti tutto, anche se purtroppo non ho foto da mostrarti. Ho trovato la persona che mi avevi detto, ma dice che tutto quello che aveva l'ha già consegnato un anno e mezzo fa a un altro tipo che gli ha chiesto la stessa cosa".

"Porca miseria, dovevo immaginarlo! E scommetto che ti ha detto pure che cinque-sei mesi fa è andato anche un altro tizio da lui per lo stesso motivo".

"Esatto! Come fai a saperlo?", si sorprese Simona.

"Poi ti spiego. Vabbè dai, fai buon viaggio, ci vediamo mercoledì! Un bacio!".

Alessandra finì di cenare, poi vide Joe online e lo chiamò: "Ciao Joe, grazie per il dossier che mi hai mandato! Senti, devo chiederti un'altra cosa, ma questa è più incasinata. Sarebbe possibile far riesumare una salma?", chiese timidamente Alessandra.

"Eh, qui mi chiedi troppo! Facciamo così, tu mi racconti tutta la storia e tutto quello che sai, e poi se mi convinci posso riaprire io il caso da qui e chiedere la riesumazione, ok?".

"Ok, allora, adesso ti racconto".

CAPITOLO 22

Federica aveva ricevuto la conferma da un noto settimanale per scrivere l'articolo sullo stadio di Ginevra. Pensava di andare in Svizzera il giorno dopo, ma era prevista un'altra nevicata su Milano, per cui decise di rimandare il viaggio alla settimana successiva; non c'era fretta, visto che la domenica ci sarebbero state le elezioni, il giovedì successivo il Papa avrebbe lasciato il pontificato e, quindi, sui giornali al momento non c'era spazio per nient'altro.

In realtà non sapeva se unire l'utile al dilettevole, e prendersi due-tre giorni di vacanza sul lago di Ginevra, oppure andare e tornare in giornata. In ogni caso, visto il tempo e il costante rischio neve, non aveva voglia di andarci da sola, soprattutto al pensiero di dover montare le catene sulle ruote della sua auto, e quindi chiese a Mimmo se gli andava di accompagnarla.

"Ho dei quadri da terminare, sono un po' incasinato in questo periodo. Quando vorresti andare?", chiese lui.

"Io pensavo tra giovedì 28 e venerdì 1; ci saresti?".

"Il 1 marzo? Ma scherzi? Ma come! Non lo sai che c'è Napoli-Juve?".

"Ah già, è vero! Allora andiamoci lunedì!".

"Noooo! Lunedì c'è Udinese-Napoli!".

"Vabbè Mimmo, ci vado da sola!", si spazientì Federica. E pensare che il calcio era il suo lavoro, non quello di Mimmo!

Alessandra era di buon umore, sentiva che qualcosa si stava muovendo, che i suoi teoremi non erano poi così fantasiosi come spesso tuonava Marchetti, anche perché un poliziotto come Joe aveva deciso di riaprire un caso proprio sulla base delle sue fantomatiche teorie e, forse, la prova regina che tanto chiedeva il PM le sarebbe arrivata da Oltreoceano.

Joe aveva deciso di far riesumare il cadavere di una persona morta quasi vent'anni prima e, nel giro di una settimana, avrebbero ricevuto i risultati dell'esame del dna. L'unica cosa che seccava Alessandra era il fatto di dover di nuovo litigare col suo ex marito nel momento in cui avrebbe appreso che lei era andata avanti nell'indagine facendo di testa sua, senza metterlo al corrente degli sviluppi.

"Cioè mi stai dicendo che hai fatto riaprire un'indagine e riesumare un cadavere dalla polizia americana e io non ne so niente?", urlò Marchetti.

"Ma se tu non fai altro che smontare tutte le mie teorie! Almeno Joe mi ha ascoltato, e ci crede anche lui nei miei teoremi! Perché hanno un senso, hanno una logica, i tasselli si incastrano perfettamente! Volevi la prova regina? Bene, è quello che sto cercando di portarti! Se ti avessi detto quello che stavo facendo mi avresti subito bloccata!".

"Ma io devo essere messo al corrente di quello che fai!".

"Certo, vuoi essere messo al corrente per boicottarmi meglio? Non ho avuto nessuna collaborazione da te, nessuna! E sai perché? Perché quando ci sono di mezzo dei pezzi grossi tu hai paura! Hai paura di pestare i piedi a qualcuno, paura che ti chiami un tuo superiore, paura che ti tolgano la poltrona!".

"Non dire fesserie! Sai bene che ho parlato con i miei colleghi svizzeri per poter indagare su quei conti!".

"Certo, perché quelle irregolarità erano evidenti e non potevi fare altro! A te piace andare sul sicuro, ma non sei disposto a rischiare nulla!".

"Non è così!".

"A no? Bene, allora adesso tocca a te: devi far riesumare una salma che è sepolta in un cimitero di Napoli".

Marchetti si calmò. In effetti si rese conto di aver poco assecondato le richieste e i sospetti della sua ex moglie nei mesi dell'indagine e forse lei aveva ragione, doveva rischiare qualcosa in più. Ormai erano alla stretta finale, potevano aver preso una cantonata oppure aver centrato l'obiettivo, ma per saperlo serviva effettivamente quell'ultimo atto. Fece alcune telefonate e si organizzò per andare a Napoli.

Simona si girava e rigirava sotto le coperte, non sapeva né che ora fosse né di quale giorno. Intravide le lancette della sveglia che segnavano le 4... sì, ma del pomeriggio o del mattino? I rumori di fondo sembravano diurni, ma a lei sembrava notte fonda, doveva riprendersi dal fuso orario, ed era così stanca che non riusciva né ad alzarsi né a riaddormentarsi. Da una fessura della tapparella entrava una leggera luce che illuminava due tasti bianchi del pianoforte appoggiato contro la parete, mentre l'angolo con la scrivania e il computer era completamente al buio. Per terra la valigia aperta, ancora da disfare, mentre sulla poltrona accanto al lettone erano appoggiati alla rinfusa dei vestiti. La sua mente non riposava, pensava al viaggio appena concluso, ai concerti, ai luoghi visitati, all'esperienza vissuta, e pensava anche a tutte le cose che aveva da fare adesso che era tornata. Avrebbe dovuto anche chiamare Andrea, il tastierista che le aveva ceduto quel lavoro; sarebbe andata da lui in studio a trovarlo e a ringraziarlo. Lentamente i pensieri del dormiveglia si confusero con i sogni.

Federica stava rientrando a casa, ma incontrò in ascensore Alessandra e decise di salire al piano di sopra: "Uff, devo andare a Ginevra e non ho voglia di guidare da sola con questo tempo. Simona è ancora mezza stordita, Mimmo ha da fare e io non so con chi andare".

"Quando vuoi partire?".

"La settimana prossima".

"Vengo io con te".

"Tu? Ma non devi lavorare?".

"Infatti! E ho proprio un lavoretto da fare a Ginevra. Facciamo così: io accompagno te allo stadio e tu, poi, accompagni me in un collegio! Torniamo la sera dopo, ti va?".

CAPITOLO 23

L'Italia era alle prese con i risultati delle elezioni: come al solito avevano vinto tutti, il che vuol dire che non ha vinto nessuno. Le chiacchiere in quei giorni riguardavano più la situazione politica che il calcio e, anche nei bar, parole come "stallo", "governo" e "cambiamento" erano più gettonate delle parole "goal", "arbitro" e "moviola". Il disorientamento era totale, non solo perché in Italia troppe cose dipendono dalla politica, ma soprattutto perché c'era un'altra parolina che aveva ormai da tempo surclassato tutte le altre: era la parola "crisi".

Alessandra decise che era il momento adatto per prendersi due giorni di vacanza e andare a respirare un'aria diversa oltre confine, là dove i discorsi di politica non l'avrebbero raggiunta per almeno 48 ore o quantomeno erano in una lingua che non capiva.

Prima di partire, però, doveva fare una visita alla Johnston & sons per chiedere alcune informazioni all'avvocato Cardone. Ma con sua grande sorpresa non lo trovò. Al suo posto c'era un uomo distinto sui 40 anni, stempiato, con la barba, che si presentò come Massimo Cardone: "Mio padre purtroppo è ricoverato in ospedale, al suo posto da oggi in poi ci sarò io. In cosa posso aiutarla?", chiese l'uomo.

Sfortunatamente non poteva esserle d'aiuto, in quanto le informazioni che il commissario cercava poteva ottenerle solo da una persona che avesse lavorato in quella banca da più di 20 anni, e quindi da Cardone padre.

Uscendo dagli uffici incrociò nell'atrio il dottor De Vita che stava bevendo velocemente un caffè; era nel bel mezzo di una riunione, e quindi si congedò in fretta. Alessandra si guardò intorno: non c'era nessuno. Raccolse con un guanto il bicchierino del caffè dal cestino della spazzatura, lo infilò in un sacchettino di plastica e lo mise in borsa.

Simona si era quasi ripresa dal fuso orario, ma non dallo shock da rientro: la sua testa era ancora a New York, mentre il suo corpo era nel traffico di Milano. Aveva attraversato tutta la città per andare in via Mecenate a trovare l'amico-collega Andrea Galetta nel suo studio di registrazione. Il ragazzo, occhialuto e sui 35 anni, pochi capelli e una leggera barba col pizzetto, l'accolse amichevolmente, staccando gli occhi dai due monitor del computer, ma restando seduto sulla sua poltroncina girevole, davanti al mixer.

"Allora? Com'è andata?".

"Benissimo! È stata un'esperienza fantastica e devo ringraziare te!".

"Ma figurati! Grazie a te che mi hai sostituito alla grande, e mi hai tolto una rogna pazzesca! Certo mi sarebbe piaciuto andare a fare questo viaggio, ma mi è capitato per caso un lavoro a cui non potevo assolutamente rinunciare!".

"Sì sì, me l'avevi detto, quello dei sottofondi e delle sigle televisive. Beh, è un gran bel colpo, dai! Vuol dire che con tutti i soldi che guadagnerai potrai andarci in vacanza in una suite a New York!", rise Simona.

"Sì certo, anche se in verità non è che sia tutto mio, cioè di diritti S.I.A.E. a me spettano solo 4/24 perché, come ben sai, 12/24 sono degli editori e gli altri 8/24 in qualità di coautore se li prenderà la persona che mi ha proposto questo lavoro. Ma d'altronde, trattandosi di programmi che vanno in onda tutti i giorni, quei 4/24 sono comunque una bella cifra".

"Eh beh, immagino!".

"Quindi, come ben sai, questi sono i compromessi che spesso siamo obbligati ad accettare", disse con rassegnazione Andrea.

Il pensiero comune dei musicisti compositori è che in ogni caso 4/24 di mille siano meglio di 24/24 di zero e, poiché la matematica non è un'opinione, il ragionamento non fa una piega.

Casualmente lo sguardo di Simona cadde sul bollettino di dichiarazione S.I.A.E. che era appoggiato sulla scrivania, e senza volerlo lesse il titolo di un brano e l'elenco dei relativi autori ed editori: "quiz time", compositori: Galetta Andrea 4/24, Manzini Carmine 8/24; editori: D.R. sound edizioni musicali 12/24.

Quel nome l'aveva già sentito, ma al momento non riuscì a focalizzare chi fosse l'altro compositore; ad ogni modo questo pensiero attraversò la sua mente solo per un attimo, perché poi tornò a rivolgersi ad Andrea con una richiesta: "Dai, fammi sentire i pezzi che hai fatto!".

Mimmo era stato invitato da alcuni amici a una serata in un locale gay. Era molto tempo che non frequentava più questi ritrovi ma, poiché non vedeva gli amici da tanto, decise di accettare l'invito e si recò in un discobar non lontano dalla stazione Centrale.

Era seduto con una birra davanti al bancone del bar, chiacchierando e scherzando con persone che non vedeva da mesi e che gli stavano raccontando le loro ultime vicende sentimentali, quando si accorse di un uomo, seduto dal lato opposto del locale, che lo stava fissando. Non era una novità, Mimmo era un bel ragazzo e spesso veniva adocchiato da qualcuno, ma quel volto non gli era nuovo, l'aveva già visto, però non ricordava né dove né in quale circostanza. A un certo punto i loro sguardi si incrociarono e l'uomo decise di avvicinarsi e tentare un approccio: "Ciao, noi ci conosciamo già, ti ricordi di me?", chiese senza smettere di fissarlo.

"Veramente la tua faccia non mi è nuova, ma non ricordo chi sei".

"Piacere, Gianfranco. Ci siamo conosciuti in un bar in Duomo, mentre eri con la tua amica commissario".

Mimmo deglutì. Era Gianfranco De Rossi! Rimase per un attimo paralizzato dall'imbarazzo, non sapendo come reagire all'approccio di un personaggio che voleva palesemente portarlo a letto, ma che probabilmente era implicato in qualcosa di losco. De Rossi interpretò a modo suo il disagio di Mimmo, e prontamente lo tranquillizzò: "Non preoccuparti, non andrò mica a raccontare alla tua amica di averti incontrato in un locale come questo! Sono molto riservato".

Certo, tu non glielo racconterai, ma io sì! Pensò Mimmo, che in una frazione di secondo doveva decidere se respingere l'approccio o cogliere l'occasione per conoscere meglio il personaggio e carpire qualche particolare utile all'indagine.

De Rossi incalzò: "Sento dall'accento che sei napoletano... Io adoro i napoletani, il mio primo ragazzo era di Napoli".

"Sì, sono di Napoli, anche se sono ormai vent'anni che vivo qui".

La conversazione andò avanti parlando del più e del meno: "Ah, quindi tu sei un artista!", esclamò De Rossi con ammirazione, e poi continuò: "Sai, io conosco molti personaggi influenti: banchieri, critici d'arte e collezionisti che potrei presentarti quando vuoi... ma potremmo parlarne meglio a casa mia".

A quel punto Mimmo doveva trovare il modo di divincolarsi e giocò d'astuzia: "Guarda, in questo locale ci sono molti amici del mio fidanzato, ci stanno osservando e non vorrei che gli andassero a riferire di avermi visto in tua compagnia".

"Bene, ti lascio il mio numero, così mi chiami tu quando sei libero!", incalzò De Rossi.

"No, il numero no, perché quello mi controlla il telefonino di nascosto! Facciamo una cosa: per caso hai Skype? Se mi dai il tuo contatto ti aggiungo e così possiamo sentirci o messaggiarci tramite Skype!", propose Mimmo.

"Sì, certo, volentieri! Allora, il mio contatto è: gianfridr64...".

Mimmo salutò e andò a casa. Era su di giri, aveva ottenuto con l'astuzia il contatto Skype di De Rossi e non vedeva l'ora di riferire tutto ad Alessandra, ma era notte fonda, lei era a Ginevra con Federica, e quindi avrebbe dovuto aspettare il giorno dopo; tuttavia era impaziente di raccontare a qualcuno quello che gli era accaduto. La finestra di Simona era illuminata, Mimmo suonò il campanello della sua vicina, che probabilmente percepiva ancora Il fuso orario di New York, e così rimasero a chiacchierare fino all'alba, davanti a due spaghetti e a una bottiglia di vino rosso.

Alessandra era nella segreteria di un rinomato collegio poco distante da Ginevra. Era un meraviglioso campus immerso nel verde, con un parco principesco e gli edifici in stile georgiano. Stava spulciando centinaia di vecchi fascicoli riguardanti ex allievi che avevano frequentato la scuola tra gli anni 1978 e 1984. Aveva già trovato la cartella riguardante l'ex alunno Carlo De Vita, iscritto a partire dall'anno scolastico 1978-79, quando la sua attenzione si posò sul fascicolo di un altro studente, che risultava aver frequentato la stessa classe: Gianfranco De Rossi! De Vita e De Rossi erano stati compagni di scuola! Quindi i due non si erano conosciuti né a ottobre né a dicembre del 2011, ma si conoscevano già da più di trent'anni!

Alessandra raccolse tutto e raggiunse Federica che, dopo essersi goduta una passeggiata nello splendido parco, si era seduta su una panchina a fumare una sigaretta.

"Ho tutto quello che mi serve, ora possiamo tornare a Milano!".

CAPITOLO 24

Alessandra era appena rientrata in casa, appoggiò le carte sul tavolo e si adagiò sul divano, dove George la raggiunse per farle le fusa, quando si accorse di aver ricevuto un messaggio: "Tenevi raggione tu! Più tardi ti mando tutti i risultati delle analisi! Cheers, Joe". Si alzò di scatto, accese il computer, e chiamò subito Joe.

"Hello Alexandra! Allora abbiamo fatto bingo!".

"Non capisco Joe... hai i risultati degli esami del dna della persona che ti avevo chiesto? Ma se noi non abbiamo ancora i nostri con cui confrontarli... che bingo abbiamo fatto?".

"Ora ti spiego: io di salme ne ho fatte riesumare due! Sia la madre che il figlio, e dagli esami del dna non sono madre e figlio!".

"Nooo! Sei stato fantastico Joe! Mandami tutto allora! Ora aspettiamo i nostri esami e poi tireremo le somme. Thank you Joe!".

"Aspetta Alexà! Ti debbo dire un'altra cosa importante: quando siamo andati al cimitero, ci siamo accorti che le tombe di questi due erano già state mosse".

"Vuoi dire che c'era già stato qualcuno prima di voi interessato a quelle salme?".

"Esattamente così!".

"Grazie Joe, ti aggiorno domani!".

Alessandra stava per telefonare al PM, quando suonò il campanello: era Mimmo.

"Ale, devo assolutamente raccontarti quello che mi è successo l'altra sera in un locale!".

"Non ora Mimmo, devo chiamare subito Corrado, sono arrivati da Joe i risultati del dna e abbiamo la conferma di quello che sospettavo!".

"Ma è importante anche quello che devo dirti io! Riguarda De Rossi! Questo è il suo contatto Skype!".

Alessandra si girò stupita: "Come fai ad avere il suo contatto Skype? Ok, vieni con me, andiamo subito in ufficio e mi racconti tutto!".

Erano tutti riuniti in commissariato e Alessandra iniziò il suo racconto: "Bene, in questa storia ci sono cose ormai chiare punti ancora oscuri che poi qualcuno ci dovrà chiarire, ma ricapitoliamo. Avevo chiesto a Joe di riesumare la salma di un ragazzo italoamericano, un tale Frank Santoro, nato a New York il 16 gennaio del 1971, scomparso e poi trovato morto tra giugno e settembre 1994. Sua madre, Concetta Santoro, era morta dopo una lunga malattia un mese prima della sua scomparsa. Joe ha pensato bene di riesumare anche la salma della donna e, secondo gli esami dei dna, questi due non sarebbero madre e figlio!".

"Ma chi sono questi due?", chiese scettico il PM.

"Per spiegare bene questa storia bisogna tornare indietro di 33 anni, al 1970. Concetta Santoro era una ragazza di 16 anni che abitava a Napoli, nei Quartieri Spagnoli, ed era la figlia della vicina di casa di Pia e Vincenzo Sepe, i nonni di Carlo De Vita. Ferdinando De Vita, di cui tutti parlano ancora oggi come un donnaiolo, ebbe una relazione con quella ragazza, che restò incinta, ma nessuno lo seppe mai nel quartiere, perché dopo qualche mese emigrò in America con la mamma, e il bambino nacque a New York. Avevano dei parenti che lavorano tutt'ora in una pizzeria a Little Italy e che hanno confermato questa storia.

Adesso passiamo all'ipotetica ricostruzione di tutto quello che è successo dopo. Nel 1994, in qualche modo (e questo è uno dei punti da chiarire), Carlo De Vita, che ormai vive stabilmente in America, e ha rotto ogni rapporto col padre, viene a sapere dell'esistenza di questo suo fratellastro e decide di cercarlo e poi di incontrarlo a New York. Carlo riesce a trovarlo e i due si rendono conto di essere somiglianti come due gocce d'acqua. Frank è ricercato dalla polizia per droga, sua madre è appena morta, deve sparire in qualche modo, e quindi coglie l'occasione al volo: fa fuori il fratellastro e assume la sua identità, poi, dopo averlo vestito con i suoi abiti, lo getta nel fiume sperando che venga ritrovato dopo molto tempo, in modo che possa essere riconoscibile solo attraverso i vestiti e i documenti, che lui aveva opportunamente scambiato. I due hanno la stessa corporatura, ma non lo stesso numero di scarpe. Il vicino di casa, cioè la persona che aveva visto Frank per l'ultima volta, sostiene di aver riconosciuto i vestiti, ma non le scarpe, perché evidentemente quelle di Frank erano troppo piccole per il piede di Carlo, e quindi non le ha potute scambiare".

"Mi stai dicendo che il nostro dottor Carlo De Vita sarebbe in realtà Frank Santoro?", esclamò stupito il PM Marchetti.

"Esattamente! Perché il vero Carlo De Vita è morto nel 1994! Ma ora lasciami continuare il racconto. Per otto anni il finto Carlo De Vita (cioè il vero Frank Santoro) sparisce dalla circolazione, non ha parenti, non ha amici, e sicuramente prima di uccidere il fratello si saranno raccontati vita, morte e miracoli, per cui è al corrente di tante cose, della scuola che aveva frequentato a Napoli, dei nonni, dei vicoli in cui spesso viveva, anche perché, non dimentichiamolo, la mamma di Frank era nata e cresciuta lì e conosceva benissimo quei luoghi, quindi era sicuramente al corrente di tante informazioni e aneddoti del passato. Nel 2002 il padre muore e viene ufficialmente rintracciato attraverso le autorità. Altra occasione da prendere al volo: ora che Ferdinando De Vita è morto, non c'è nessun parente che potrebbe accorgersi che lui non è il vero Carlo De Vita e quindi approfitta della situazione e torna, anzi va, in Italia a vivere la sua terza vita, ereditando il patrimonio del padre, tanto la lingua la conosce bene, ha studiato anche qualche anno all'università, e quindi nessuno potrebbe accorgersi dello scambio di persona. Naturalmente deve ripassarsi un po' del suo finto passato, per qualsiasi evenienza, e quindi cerca su Google l'indirizzo e la posizione del Liceo Artistico che Carlo aveva frequentato a Napoli, che però non sa che non è più lo stesso di quando ci andava suo fratello. Cerca l'indirizzo della famosa pasticceria in cui i nonni portavano Carlo a mangiare le sfogliatelle,ed è in via Toledo, ma non sa che nel 1978 non si chiamava via Toledo, ma via Roma. Un'altra gaffe l'ha fatta quando ha parlato di una canzone di George Michael con cui aveva conquistato da ragazzino una sua compagna di scuola, rivelando un particolare che invece riguardava il suo vero passato, perché quella canzone (*Careless whisper*), è dell'84, anno in cui Frank era un tredicenne che andava a scuola, mentre Carlo un ventenne ormai all'università! E poi c'è un'altra cosa che taglia la testa al toro: il vero Carlo De Vita era gay! Questo probabilmente era stato motivo d'attrito e di rottura col padre sciupafemmine".

"E poi cos'è successo?", chiese Marchetti, sempre più interessato.

"E poi arriviamo ai giorni nostri: per dieci anni nessuno si accorge di nulla, il vero Carlo De Vita aveva frequentato un collegio svizzero, prima di andare in America, quindi a Milano nessuno poteva ricordarsi di lui. Ma ecco che arriva un imprevisto: De Rossi! Frank non lo sa, ma Gianfranco De Rossi è stato non solo un compagno di collegio di Carlo, ma anche il suo primo amore! Suo fratello aveva parlato di lui anche nelle ultime lettere scritte alla nonna. E così accade che De Rossi chiede a De Vita di incontrarsi prima che avvengano i contatti ufficiali tra la società e la banca, proprio per trovare un accordo sottobanco. A questo punto si accorge subito: 1) che De Vita non è gay; 2) che non può essere lo stesso ragazzo con cui era stato insieme in collegio. E allora ingaggia un investigatore privato per scoprire chi è. Viene così a sapere che quell'individuo che si spaccia per Carlo De Vita si chiama in realtà Frank Santoro ed è probabilmente un figlio naturale di Ferdinando De Vita, di cui nessuno sapeva l'esistenza! Quindi, tutto quello che stiamo scoprendo ora De Rossi lo sa già dalla fine del 2011, e allora inizia a ricattare De Vita: il valore reale della Gold Share Productions è di un miliardo di dollari, ma viene gonfiato, l'azienda è venduta per un miliardo e mezzo e la differenza va a finire su conti svizzeri che probabilmente sono di De Rossi e dello stesso De Vita-Santoro. Dopo alcuni mesi la Filiberti, che già aveva sentito rumors negli ambienti della finanza sul presunto valore di questa compravendita, analizza i rendimenti della società, si accorge che non possono in alcun modo generare i profitti messi a bilancio e smaschera la truffa. A questo punto non sappiamo se abbia scoperto anche la vera identità del falso De Vita, ma visto che i detective che hanno indagato su Santoro sono due diversi, a distanza di quasi un anno, può anche darsi che il secondo fosse stato ingaggiato dalla Filiberti, ma questo è uno dei punti da chiarire, anche perché non sappiamo in che modo eventualmente potrebbe essere arrivata a sospettare qualcosa".

"Quindi abbiamo addirittura ben due ottimi moventi!", commentò Farina.

"Esatto!", rispose Alessandra, che poi continuò: "Ma andiamo avanti nella storia. Probabilmente la Filiberti deve aver messo con le spalle al muro il finto De Vita, il quale ne parla con De Rossi che lo rassicura dicendo che ci penserà lui a risolvere il problema. De Rossi incontra in qualche festa mondana

Carmine Manzini, che è stato suo compagno di cella a San Vittore, gli chiede di trovare qualcuno che faccia questo lavoretto in modo pulito, offrendo all'eventuale sicario forse 100 o 200 mila euro, non lo sappiamo. Manzini ha rincontrato in palestra Mauro Bertone, sa che è uno squattrinato senza lavoro e pronto a tutto, e in più è un esperto di arti marziali, quindi gli propone la cosa. La Filiberti è una donna che fa poca vita mondana, riceve in casa solo l'amante o la donna delle pulizie, non apre la porta a nessun estraneo, e quindi l'unico modo per entrare in casa sua è quello di portarle la spesa a domicilio. Così Bertone si fa assumere al supermercato dove la Filiberti ha l'abitudine di servirsi – e anche qui ci sarebbero diversi punti ancora da chiarire sul come sapessero in modo così dettagliato tutti i suoi spostamenti e le sue abitudini. Dopo di che, arriva il giorno stabilito per l'omicidio. I mandanti sanno che Marelli sarà a cena dalla Filiberti alle 19:30. Il delitto deve avvenire poco prima, in modo da far ricadere la colpa sull'amante, che è un perfetto capro espiatorio. Una volta portato a termine il lavoro, Bertone deve riscuotere il pagamento, forse in denaro contante che deve essere prelevato da una banca svizzera, e quindi si reca all'appuntamento con De Rossi, che lo porta a Lugano per sistemare la faccenda. A questo punto succede qualcosa, forse un diverbio tra i due, forse Bertone chiede più soldi e minaccia di parlare, e allora De Rossi lo colpisce alla testa con un oggetto contundente e lo getta nel lago. Altro punto da chiarire: Bertone stava andando a incassare solo per sé o anche per Manzini? E, nel secondo caso, come mai non sono andati entrambi all'appuntamento? Se no i soldi del Manzini dove sono finiti?".

"Questo posso spiegarvelo io!", la interruppe improvvisamente una voce proveniente dalla soglia dell'ufficio. Tutti si girarono e rimasero di stucco:

"Simona? Che ci fai qui?".

CAPITOLO 25

Simona entrò nella stanza e si accomodò su una sedia in plastica, davanti alla scrivania del commissario, mentre tutti i presenti sembravano paralizzati dallo stupore, in attesa di una spiegazione.

"Ciao Ale, ho saputo che eravate tutti qui e sono venuta a raccontarvi quello che ho scoperto".

"E cos'hai scoperto?", chiese Alessandra.

"Ho scoperto da dove prende i soldi Manzini o, meglio, da dove li prenderà: attraverso la S.I.A.E.".

"Cosa? Spiegati meglio".

"Allora, partiamo dall'inizio: vi ricordate quella volta che eravamo a casa a vedere quel quiz prodotto dalla Gold Share e mi accorsi che era cambiata la musica di sottofondo?".

"Sì, ricordo... e quindi?".

"Quindi, successivamente, ho saputo che quella musica l'aveva realizzata il mio amico Andrea, ma non solo. Io sono andata al suo posto a New York, proprio perché lui doveva consegnare altri sottofondi e altre sigle per varie trasmissioni, tutte produzioni della Gold Share, e sapete chi gli ha commissionato questo lavoro? Carmine Manzini!".

"Non capisco...".

"Ora ti spiego: probabilmente non siete al corrente del fatto che ogni volta che passa un qualsiasi brano musicale in sottofondo durante una trasmissione tv, nelle più importanti reti nazionali, può fruttare circa 40-50 euro al minuto di diritti d'autore, che vanno suddivisi tra i compositori e gli editori. Ero in studio dal mio amico Andrea e, per caso, ho dato un occhio al bollettino di deposito di uno dei brani, e risultavano le seguenti quote: per i compositori, Galetta Andrea 4/24 , Carmine Manzini 8/24, per gli editori, D.R. sound edizioni musicali 12/24".

"Ma certo! In uno dei nostri pedinamenti l'avevamo visto andare in Brera agli uffici della S.I.A.E.! Ma non capisco una cosa: Manzini mica è un musicista, come può riuscire a fare una cosa del genere?", chiese Farina.

"Molto semplice, per iscriversi alla S.I.A.E. come compositori non bisogna più sostenere nessun esame; basta andare con i documenti che ti richiedono, la ricevuta del conto corrente per la quota d'iscrizione e lo spartito e il bollettino di un brano di cui si dichiara di essere autori. Facciamo 2 conti e ricapitoliamo: come ho già detto, questi sottofondi televisivi possono rendere 40-50 euro al minuto, considerate che nei quiz di solito si sente la musica a ogni domanda, quindi possono esserci anche 20-30 minuti di musica a puntata; questi programmi sono quotidiani e, spesso, vanno in onda per tutto l'anno, quindi fate voi i conti".

"Quindi si tratta di centinaia di migliaia di euro all'anno di diritti!", esclamò Alessandra.

"Esatto. E soprattutto è un appalto che a qualcuno deve comunque andare. Ah, c'è un'altra cosa: indovinate chi è uno dei soci della D.R. sound edizioni?".

"Lasciami indovinare... D.R. sta per De Rossi?".

"Brava! Quindi immagino come sia andata: De Rossi chiede a Manzini il favore di fargli da intermediario con un killer e, in cambio, gli commissionerà alcuni sottofondi e sigle televisive che gli renderanno svariate centinaia di migliaia di euro. Manzini, non essendo un musicista, propone il lavoro ad Andrea, al quale concede 4/24 della torta, che sono comunque un mucchio di soldi, e lui firma i brani come coautore prendendosi 8/24. I rimanenti 12/24 che spettano di diritto agli editori rientreranno comunque nelle tasche di De Rossi, la cui società di edizioni ha il contratto con la Gold Share per la fornitura delle musiche originali. Quindi Manzini riceverà i suoi soldi di diritti S.I.A.E. tra un anno, in maniera assolutamente legale e pulita, e nessuno potrà mai togliergli o contestargli un solo euro, ma soprattutto nessuno potrà mai dimostrare che quei soldi siano la mazzetta per un lavoro sporco!".

"Dunque, la D.R. sound edizioni risulta effettivamente intestata a De Rossi, ma non solo: c'è anche una socia, una certa Francesca Maria Santacroce", disse Farina mostrando alcuni documenti.

"Questo nome non mi è nuovo, ma non ricordo dove l'ho già sentito", rispose pensierosa Alessandra, che poi continuò: "comunque in giornata dovrebbero arrivare i risultati degli esami degli altri due dna. Mancano solo questi, e poi possiamo iniziare ad arrestare il finto De Vita".

"Sì, ma gli altri due?".

"Tranquillo! Intanto li stiamo tenendo sotto controllo, ma è difficile che qualcuno pensi di scappare, visto che non sospettano nulla! De Rossi è a Milano, si sta sentendo via Skype con Mimmo, e non vede l'ora di incontrarlo per una serata romantica", strizzò l'occhio Alessandra.

"E il suo amico Mimmo? Lo incontrerà?".

"No, Mimmo la sta tirando per le lunghe, per darci il tempo di intervenire appena abbiamo tutte le prove per incastrare sia lui che De Vita!".

Intanto la polizia del Canton Ticino non era rimasta inattiva in quei mesi ma, non sapendo da dove fosse stato gettato il corpo di Mauro Bertone, era molto difficile trovare indizi sul luogo del delitto, visto che questo luogo era ancora sconosciuto. E così, attraverso un'analisi paziente delle correnti del lago, erano riusciti a individuare alcune zone in cui presumibilmente poteva essersi consumato il delitto. A quel punto avevano analizzato le immagini delle telecamere poste in quei luoghi e, a breve, avrebbero inviato i fotogrammi ricavati alla polizia italiana.

Alessandra prese il fax arrivato dalla Polizia Cantonale e, involontariamente, lo sguardo si posò sul numero da cui era stato inviato: 0041091xxxxxxx.

"Ma certo! Come ho fatto a non pensarci prima!", esclamò.

"Che succede commissario?".

Alessandra aprì il cassetto della scrivania ed estrasse la copia de "Il Sole 24 ore" che aveva raccolto sulla scena del delitto, sfogliò le pagine e riguardò l'appunto scritto a penna "fransan" seguito da un numero di dieci cifre che iniziava con 091.

"Questa scritta e questo numero: 091 pensavamo fosse il prefisso di Palermo, ma non risultava nessuna utenza, per cui abbiamo accantonato l'ipotesi che questo fosse un numero di telefono, ma 091 è anche il prefisso di Lugano! Scommetto che questo è il numero di telefono di una banca svizzera e questo il nome di un conto segreto! Ecco cosa aveva scoperto la Filiberti, anche il nome di uno dei conti su cui erano finiti i soldi della truffa!".

"E io invece scommetto che 'fransan' sta per Fran-k San-toro!", aggiunse Farina.

CAPITOLO 26

Carlo De Vita, alias Frank Santoro, era in commissariato sotto interrogatorio.

"Dottor De Vita, posso chiederle che numero di scarpe porta?", chiese Alessandra.

"Commissario, non mi avrà mica fatto arrestare per questo? Porto il 42, ho il piede un po' piccolo rispetto alla mia altezza, ma non credo ci sia nulla di illegale!", rispose con un tono ironicamente arrogante.

"Dovrà darci un bel po' di spiegazioni signor De Vita... o forse preferisce essere chiamato signor Santoro?", rispose Alessandra.

Santoro si irrigidì, rimase in silenzio per un po' e poi riprese coraggio: "Non capisco di cosa stia parlando. Chi sarebbe questo Santoro?".

"Lei!".

"Io? Io sono Carlo De Vita! Perché non preleva il mio dna e lo confronta con quello di mio padre? Se ha dei dubbi riesumi pure la salma, ma se poi ho ragione io, le assicuro che lei non sarà più commissario!".

"Non c'è bisogno, ce l'abbiamo già il suo dna e l'abbiamo già confrontato".

"Benissimo, e allora cosa sto facendo qui? Non ha già verificato che mio padre era Ferdinando De Vita?".

"Sì, certo, ma noi abbiamo riesumato la salma della signora Anna Sepe, moglie di Ferdinando De Vita, morta a Napoli nel

1978, e quella non era sua madre! La sua vera madre si chiamava Concetta Santoro, morta a New York nel 1994, ed era stata la giovane amante di Ferdinando De Vita, di cui lei è il figlio illegittimo, mentre il Frank Santoro che è stato trovato morto nella baia di New York, sempre nel '94, era il vero Carlo De Vita, cioè il suo fratellastro, che lei ha ucciso per assumerne l'identità e rifarsi una vita, visto che era braccato dalla polizia per traffico di droga!", sentenziò Alessandra con un tono di voce che era andato gradualmente in crescendo.

"Ehi, andiamoci piano! Io non ho ucciso nessuno, lei è fuori strada!".

Ma Alessandra continuò imperterrita: "Dopo averla fatta franca per quasi vent'anni, ecco che viene smascherato da De Rossi, che era stato un suo compagno di collegio, per così dire... abbastanza intimo, e allora la ricatta e la costringe ad assecondare una truffa gonfiando il valore della Gold Share e facendo pagare alla sua banca 500 milioni in più, che vanno a finire su dei conti in Svizzera. Ma la Filiberti scopre tutto, e così decidete di eliminarla. Viene ingaggiato come killer un ragazzotto squattrinato e palestrato pronto a tutto, che poi verrà a sua volta ucciso. Da chi? Da De Rossi? I conti svizzeri a chi appartengono, a lei e De Rossi? È suo il conto 'fransan', che la Filiberti aveva scoperto? Le conviene dirci la verità, se no la spediamo in America a scontare la pena per l'omicidio del suo fratellastro!".

"Calma commissario! Non ho ucciso nessuno! Fu una disgrazia!".

Tutti rimasero in silenzio. Santoro ebbe un attimo di esitazione, poi prese un respiro profondo, e iniziò a raccontare.

"Era giugno del 1994, mia madre era morta da un mese, e un bel giorno mi telefonò un ragazzo dicendo di essere mio fratello, Carlo De Vita, e di volermi incontrare. Io sapevo dell'esistenza di Carlo, me ne aveva parlato mia madre, visto che era il nipotino dei suoi ex vicini di casa di Napoli, nonché il figlio dell'uomo che l'aveva sedotta, e quindi andai a incontrarlo nell'hotel in cui era alloggiato. Rimanemmo entrambi colpiti dalla straordinaria somiglianza che c'era tra noi: stessa altezza, stessa corporatura regolare, stessi occhi scuri e viso ovale. Inoltre dimostrava molti meno anni di quelli che aveva, per cui più che fratelli sembravamo addirittura gemelli. Carlo mi raccontò tutto della sua vita, era molto gentile, detestava nostro padre e il suo stile di vita, mi disse che avevano rotto i rapporti da tempo e non voleva più averci a che fare. Era indipendente economicamente e non aveva bisogno dei suoi soldi, anzi, si offrì di aiutarmi se ne avessi avuto bisogno".

"E poi che successe?".

"All'improvviso ebbe un malore, credo un infarto, non ci fu neanche il tempo di chiamare un medico, che mi resi conto che era già morto. A quel punto non sapevo cosa fare, ero coinvolto in un traffico di droga, la polizia mi stava braccando, e così mi venne un'idea: vista l'eccezionale somiglianza, scambiai i documenti e gli misi addosso i miei vestiti, ma non riuscii a farlo con le scarpe, perché il mio piede era molto più piccolo del suo. Uscii di notte di nascosto dal retro dell'hotel, caricai il corpo nel bagagliaio e lo gettai nel fiume Hudson, poi abbandonai l'auto nelle vicinanze, e tornai in albergo con un bus. Rientrai in camera di nascosto, preparai la sua valigia e il giorno dopo, vestito come lui, pagai il conto con la sua carta di credito e lasciai l'hotel; nessuno si accorse dello scambio".

Alessandra notò che man mano che De Vita si stava trasformando in Santoro, il suo tono di voce e il suo modo di porsi stavano cambiando. Era come se si stesse liberando del personaggio che aveva incarnato per quasi vent'anni.

"Continui Santoro", lo incoraggiò.

"Avevo nascosto in un posto 10.000 dollari che avevo guadagnato con la droga, li utilizzai per rifarmi una vita onesta e me ne andai nel Connecticut".

"Ma come è riuscito ad andare avanti per tutto questo tempo? Nessuno ha mai cercato il vero Carlo De Vita?", chiese incredula Alessandra.

"Vede commissario, nelle poche ore che ho trascorso con mio fratello ho capito una cosa: entrambi non avevamo più né affetti né amici né parenti, ma avevamo solo un padre che non era mai stato interessato alle nostre vite e non ci avrebbe mai cercato".

"Capisco. E ora arriviamo al 2002, quando morì suo padre. Come andarono le cose?".

"Fui rintracciato per conto di un notaio, in quanto ero l'unico erede. Quella fu la svolta della mia vita: feci i bagagli subito e mi trasferii in Italia, tanto conoscevo bene la lingua, nessuno poteva riconoscermi, e dopotutto non rubavo niente a nessuno, visto che ero davvero suo figlio ed erede! E così iniziai un'altra nuova vita".

"E adesso arriviamo al 2011, il 1 ottobre lei incontrò De Rossi in questo ristorante. Cosa successe?", chiese Alessandra mostrando la famosa foto con De Rossi e l'uomo misterioso di spalle.

Santoro si lasciò sfuggire un risolino amaro che lasciava trasparire non pochi rimpianti: "Quella foto è stato il mio grande errore! Se non avessi avuto fretta di cancellarla, probabilmente sarebbe passata inosservata e nessuno si sarebbe mai accorto dell'esistenza di De Rossi. Invece, stupidamente, ho attratto senza volere la vostra attenzione proprio su di lui".

"Cosa successe quella sera con De Rossi?".

"Lui mi parlava come se ci conoscessimo da tanto, e dopo un po' capii chi fosse e perché il suo modo di porsi sembrava così intimo. Cominciai a sentirmi a disagio ed ebbi la sensazione che Gianfranco iniziasse ad avere dei sospetti sulla mia identità. Ovviamente, lo scopo di quell'incontro era di propormi la truffa e spartirci i 500 milioni di dollari".

"Quindi il conto svizzero chiamato 'fransan' è suo?".

"No! Mi lasci finire il racconto. Dopo un mese ci incontrammo di nuovo e lui aveva cambiato atteggiamento nei miei confronti: aveva ingaggiato un detective privato e scoperto la mia vera identità. Non so come abbia fatto, ma aveva anche il dna di mia madre! A quel punto mi aveva in pugno e non c'era più ragione per farmi guadagnare una parte dei soldi, visto che poteva ottenere gratis da me quello che voleva semplicemente ricattandomi. E così la compravendita andò in porto, e quei 500 milioni finirono non so dove, questo dovreste chiederlo a lui".

"E la signora Filiberti cosa aveva scoperto, chi ha deciso di eliminarla e perché?".

"Lorenza si era sempre opposta a quella operazione, perché sapeva benissimo che la società era stata sovrastimata. Si era accorta che i conti non quadravano, poi nell'ottobre 2012, carte alla mano, mi chiese spiegazioni e abbiamo avuto una furiosa litigata in ufficio".

"E così ha deciso di ucciderla?".

"No! Io cercai di convincerla che non c'entravo nulla con la truffa, che quei conti non erano miei, che ero stato obbligato a farlo, ma lei mi mostrò quella foto, la prova che io e De Rossi c'eravamo incontrati di nascosto prima della trattativa. L'aveva vista per caso pubblicata su Facebook, perché la persona che stava festeggiando quel compleanno era un suo amico!".

"E cosa accadde subito dopo?".

"Diciamo che tra me e la signora Filiberti non è mai corso buon sangue: si era accorta subito della mia inesperienza e incapacità e non capiva come potessero tenermi a capo del C.D.A.".

"E il resto del consiglio d'amministrazione come la pensava?".

"Beh, col tempo ho capito che mi avevano eletto apposta per questo! Lorenza invece non tollerava questa situazione, e in realtà aveva sempre pensato che io fossi un millantatore, e che avessi una laurea falsa, per cui credeva che qualcuno mi stesse ricattando per questo motivo".

"E invece?".

"Dopo un mese venne di nuovo nel mio ufficio, ma stavolta mi disse che aveva incaricato un investigatore privato di verificare i miei titoli di studio: e invece aveva scoperto la mia vera identità!".

"E quindi cosa ha fatto?".

"Sono stato preso dal panico. Lorenza mi diceva che avrebbe taciuto, a patto che mi fossi dimesso dalla presidenza del C.D.A. favorendo la sua elezione. Poi, una volta diventata presidente, ci avrebbe pensato lei a rivoltare la banca come un calzino, e fare pulizia, visto che aveva anche scoperto il nome di uno dei conti, cioè questo 'fransan', che anche lei aveva attribuito a Fran-k San-toro".

"Quindi ne ha parlato con De Rossi?".

"A Gianfranco raccontai tutto subito dopo il primo litigio con Lorenza, ma mi disse di stare tranquillo, che ci avrebbe pensato lui a mettere a posto la cosa".

"Questo significa che l'omicidio fu premeditato e organizzato da De Rossi già a ottobre", osservò Farina.

"Certo. La fidanzata di Mauro Bertone, cioè il killer della Filiberti, ricorda che il suo ragazzo fu contattato per questo 'lavoro grosso' durante il ponte di Ognissanti", fece notare Alessandra.

"Io non so nulla di quando abbia deciso di fare questo, di certo a me non l'ha detto!", ribadì con fermezza Santoro.

"Probabilmente dopo il secondo litigio avete dovuto accelerare i tempi, quindi lei, che in quel periodo aveva una relazione con la segretaria che era anche amica e confidente della signora Filiberti, ha usato la sua amante per carpirne segreti, spostamenti e abitudini e poi li ha comunicati al killer, cioè Bertone, la cui fidanzata ricorda di averlo sentito parlare con un certo Franco che, immagino, sia il suo nome in italiano".

"No! Non so chi sia questo Bertone! Io non ho mai usato Giulia per avere informazioni sulla vita privata di Lorenza! Ho solo fatto sparire quel computer portatile, che ho sostituito con un altro uguale, perché in quel pc c'erano delle mail del detective che aveva scoperto la mia identità e le prove che mi avrebbero inchiodato, ma io non c'entro nulla con l'omicidio! Ho saputo la notizia il giorno dopo e ho immaginato che ci fosse lo zampino di De Rossi, ma non so altro!", si difese Santoro.

"Portatelo via!", ordinò il commissario, "e adesso andiamo a prendere gli altri due!".

CAPITOLO 27

De Rossi e Manzini stavano confessando: il primo era stato il mandante dell'omicidio della Filiberti, ma negava di essere l'esecutore materiale del secondo delitto, mentre l'altro era stato il tramite con Bertone e si era reso ulteriormente complice offrendogli supporto logistico dopo l'omicidio, facendo sparire guanti e vestiti sporchi di sangue.

I loro computer erano stati sequestrati insieme a quello di Santoro, pertanto fu subito possibile verificare le chiamate fatte dai pc attraverso Skype, dato che nessuno dei tre aveva avuto l'accortezza di cancellarne la cronologia.

Risultavano parecchi contatti telefonici avvenuti da ottobre a dicembre tra "gianfridr64" e "carminiello75", che era il nik di Manzini, in particolare nei minuti precedenti e successivi al primo omicidio. Risultava anche qualche contatto tra "gianfrid64" e "maurino1985", avvenuto il 14 dicembre intorno a mezzogiorno, ossia data e ora della scomparsa di Mauro Bertone. Invece dall'account "carlodevita" risultavano contatti solo con "gianfridr64".

"Strano che dal nik di De Vita non ci siano telefonate con gli altri due", osservò Alessandra.

"Beh, ma avrebbe potuto cancellarle nella cronologia!", fece notare Farina.

"Sì, ma che senso ha cancellare le chiamate a Bertone e Manzini e non quelle a De Rossi?".

"Forse perché con De Rossi aveva rapporti di lavoro, mentre gli altri due erano degli estranei".

"Può darsi sia così, ma non ci vedo chiaro".

"Beh, la fidanzata di Bertone l'aveva sentito parlare al telefono con un certo Franco, quindi è probabile che si trattasse di Frank", osservò Farina.

"Ma perché un personaggio che ha assunto una nuova identità dovrebbe presentarsi col suo vero nome? Tanto più che il suo nik era proprio 'carlodevita'! E se invece quel Franco stesse per Gianfranco? Magari era proprio riferito a De Rossi, cioè la persona che doveva incontrare quel 14 dicembre in cui è sparito".

"Commissario, è arrivata la mail dalla Polizia Cantonale, ci sono i fotogrammi da visionare!".

Le immagini erano state selezionate dalle varie telecamere posizionate in alcune strade adiacenti al lago, da dove si supponeva fosse stato gettato il cadavere di Bertone.

Risalivano al 14 dicembre, ma erano state prese in considerazione solo le auto transitate tra le ore 13 e le 17, cioè alcune centinaia.

Alessandra e Farina osservavano ogni immagine con molta attenzione, a un certo punto si bloccarono su una foto: "Eccolo!", esclamò Farina.

"Sì, è lui! È De Rossi, ma... sono in tre! Il passeggero seduto dietro sembrerebbe Bertone, ma l'autista... è una donna! Proviamo a ingrandire l'immagine".

"Purtroppo non si riesce a vederla bene in faccia".

"Eppure ho la sensazione di conoscerla. Prenda il numero di targa e vediamo a chi corrisponde".

"Dunque dunque, questa targa è intestata a... Francesca Maria Santacroce".

"La socia di De Rossi nella D.R. sound! Ma chi è questa donna? Io l'ho già letto da qualche parte questo nome".

"Ma certo che l'abbiamo già letto! È su uno dei verbali. Francesca Maria Santacroce è il nome da nubile della signora Marelli!".

"La moglie di Gabriele Marelli, l'amante della Filiberti! Ecco a chi appartiene il conto 'fransan'! A Fran-cesca San-ta-croce! Ma cosa c'entra in questo scandalo finanziario, qual è il suo ruolo un tutto questo?".

"Commissario, mi sembra di aver letto il suo nome anche tra i membri del vecchio C.D.A. della Gold Share Productions".

"Quindi la truffa non era opera solo di De Rossi e De Vita (cioè Santoro), ma c'era di mezzo anche lei! Adesso è chiaro come facevano a sapere tutte le abitudini e gli spostamenti della Filiberti: lei aveva pagato un detective per controllare il marito infedele e l'amante e, in realtà, il dossier preparato dall'investigatore per un semplice tradimento coniugale le era servito per fornire informazioni a De Rossi per pianificare perfettamente l'omicidio della Filiberti: non per motivi passionali, ma per 500 milioni di dollari!", riassunse Alessandra.

"E noi, ovviamente, una volta verificato il suo alibi la sera del primo omicidio, e una volta scoperto il secondo delitto, abbiamo scartato la pista passionale e quindi abbiamo lasciato perdere la signora Marelli!", concluse Farina.

"Esatto! Perché abbiamo controllato il suo alibi per il 9 dicembre, non per il 14!".

"Commissario, qui ci sono altri fotogrammi interessanti. Questo è di un'altra telecamera, dove sono passati un'ora dopo, ma qui sono in due! De Rossi non c'è più! E qui, invece, mezzora dopo, nel senso opposto, la donna è da sola! È stata lei!".

"Quindi De Rossi e la Marelli-Santacroce si sono divisi i compiti: il primo si è occupato di far eliminare la Filiberti, anche perché la Marelli non poteva esporsi, poiché sarebbe stata la prima sospettata, in quanto moglie tradita, mentre tra De Rossi e la Filiberti non c'era nessun collegamento".

"E la donna invece si è occupata del secondo delitto, visto che questa volta era lei a non avere nessun collegamento con Bertone".

"Muoviamoci, ormai sarà venuta a sapere dell'arresto di De Rossi e capirà di avere i minuti contati! Non dobbiamo farcela scappare!".

CAPITOLO 28

La signora Francesca Maria Santacroce, coniugata Marelli, era stata bloccata all'aeroporto di Malpensa e ora sedeva in commissariato: "Cosa si aspetta da me, commissario? Che sia pentita di quello che ho fatto? Le circostanze mi hanno portato a questo".

La donna non tradiva alcuna emozione e parlava col suo solito tono flemmatico.

"Bene signora, ci racconti com'è andata".

"Anch'io, come la Filiberti, mi ero accorta della truffa che si stava consumando nella compravendita della Gold Share Productions, solo che io e quella donna avevamo due visioni molto diverse della vita: 500 milioni di dollari per lei erano motivo sufficiente per far saltare in aria un po' di teste e fare carriera, puntando alla presidenza del C.D.A., mentre per me è sempre meglio cercare una mediazione diplomatica. Nel nostro ambiente non funzionano le soluzioni drastiche".

"Quindi per lei due omicidi non sarebbero soluzioni drastiche, ma frutto della diplomazia?".

"Erano inevitabili. Tutto era filato liscio, il signor De Rossi mi aveva detto di avere in pugno De Vita, e con lui non ci sarebbe stato nessun problema, ma dopo sei mesi, ecco che il problema è spuntato da un'altra parte".

"Chi ha deciso di eliminare la Filiberti?".

"Pensò lui a tutto, io mi limitai a fornirgli tutti i dettagli possibili sulla sua vita privata e sulle sue abitudini".

"Mi scusi signora, ma lei sapeva benissimo che quella sera suo marito sarebbe andato dalla sua amante. Non ha pensato che la polizia avrebbe potuto incolpare proprio lui dell'omicidio?".

"A quell'idiota qualche anno di galera avrebbe fatto solo bene!", replicò la donna.

"Quindi, signora, devo dedurre che lei ha finto di tollerare la relazione di suo marito, semplicemente perché in questo modo si sarebbe sbarazzata di entrambi in un colpo solo?".

"Questa è soltanto una sua illazione commissario. Io posso risponderle che avevo anche cercato di procurargli un alibi, recitando la parte della moglie gelosa e chiedendo ad alcuni amici di chiamarlo al numero dello studio, per controllare se fosse davvero lì, ma quell'idiota non ha risposto al telefono!".

"E i rapporti con Manzini che ha fatto da tramite con Bertone? Di chi è stata l'idea di pagarlo commissionandogli la realizzazione delle musiche per i quiz?".

"La gestione della D.R. sound è affidata a Gianfranco. Io sono socia, ma mi limito a firmare le carte, mentre al resto pensa lui".

"E adesso veniamo all'omicidio di Bertone. Le ricordo che la sua auto è stata sequestrata, verranno analizzati il bagagliaio e il cric per cercare tracce di sangue e dna della vittima, quindi non ci faccia perdere tempo e ci dica come sono andate le cose!".

"Quel giorno nevicava forte, il signor De Rossi mi disse che aveva appuntamento con un ragazzo a cui doveva dare una valigetta con dei soldi. Dovevano andare insieme a Lugano a prelevare il contante, ma siccome Gianfranco si sarebbe fermato lì, mi chiese di accompagnarli con la mia auto, in modo da riportare poi il ragazzo a Milano".

"Una volta presa la valigetta, cos'è successo?".

"Gianfranco mi ha consegnato tutto ed è rimasto in banca, io ho messo nel bagagliaio la valigetta e sono ripartita col ragazzo; siamo andati in un posto isolato dove poter contare i soldi con calma, lontani da occhi indiscreti".

"E poi?".

"E poi quel Mauro, che nel viaggio da Milano aveva ascoltato una conversazione telefonica del signor De Rossi, resosi conto della posta in palio, aveva deciso di alzare il tiro".

"In sostanza vi ha chiesto più soldi?".

"Esatto".

"Quanto c'era nella valigetta?".

"100 mila".

"E quanto voleva?".

"500 mila, se no avrebbe raccontato tutto alla polizia".

"E lei cos'ha fatto? Ha preso il cric e l'ha colpito mentre era di spalle, e poi ha spinto il corpo nel lago?".

"Abbiamo avuto una discussione, lui mi ha minacciato, mi ha messo le mani addosso e ha cercato di uccidermi... io, per difendermi, ho preso il cric e l'ho colpito".

"Mi scusi signora, ma come fa un assassino ad avere il potere di ricattarvi, quando rischia trent'anni di galera?".

"Non so cosa dirle, ma sa com'è, questi palestrati con addosso serpenti tatuati, oltre al cattivo gusto hanno anche poco cervello", sottolineò con disprezzo la signora Marelli.

Alessandra era pensierosa, c'era qualcosa nella confessione della signora che non la convinceva: "Il Bertone ha ricevuto un colpo dietro la testa da una persona che l'ha sicuramente sorpreso alle spalle, quindi è improbabile che stesse lottando con la signora Marelli, se no il colpo l'avrebbe ricevuto da un'altra parte".

"Io direi che non l'avrebbe ricevuto per niente, perché uno con il fisico di Bertone l'avrebbe stritolata senza darle tempo di prendere nessun cric!", osservò Farina.

"Dia un occhio ai tabulati telefonici di De Rossi: abbiamo verificato che quel giorno era a Lugano, ma nella fascia oraria in cui era in viaggio tra Milano e Lugano non risultano telefonate!".

"E quindi?".

"E quindi la Marelli sostiene che, mentre erano in viaggio, Bertone avrebbe ascoltato una telefonata di De Rossi in cui si parlava dei 500 milioni che valeva quell'omicidio e per quello il ragazzo avrebbe deciso di alzare il tiro e chiedere più soldi!".

"Beh, in effetti della truffa da 500 milioni ne erano al corrente solo in tre: due di loro erano in quella macchina, mentre il terzo, cioè il finto De Vita, era ormai fuori dai giochi: quindi, con chi e perché mai ne avrebbe dovuto parlare al telefono?".

Alessandra chiamò Valentina, la giovane fidanzata di Bertone, per avvisarla che avevano preso l'assassino, anzi, l'assassina.

"Signora, vorrei anche chiederle un'informazione riguardo ai vari lavoretti ed espedienti di cui viveva il signor Bertone, ma è una cosa un po' delicata".

CAPITOLO 29

Il giorno dopo Valentina Porri si presentò in commissariato. Sembrava una persona rinata, più bella, serena e consapevole: "Commissario, dopo la sua telefonata di ieri, mi sono ricordata di un'agendina che aveva Mauro alcuni anni fa, e l'ho trovata in un cassetto".

Alessandra iniziò subito a sfogliarla e, dopo alcune pagine, il suo volto si illuminò: "Andiamo a riparlare con la signora Santacroce Marelli!".

"Dunque signora, lei sostiene che l'omicidio del signor Bertone è avvenuto per legittima difesa e che, dopo aver ascoltato da una conversazione telefonica che il delitto della Filiberti, a lui pagato 100 mila euro, in realtà per voi valeva 500 milioni di dollari, ha deciso di alzare il prezzo, così l'ha aggredita perché lei non voleva pagare altri soldi".

"Esatto".

"E mi dica, lei li aveva con sé i 400 mila in più che Bertone chiedeva?".

"Beh, certo che no!".

"E allora perché non li ha chiesti a De Rossi, visto che era lui ad aver prelevato dalla banca? Perché l'avrebbe detto a lei solo dopo aver incassato, e non prima che De Rossi andasse a prendere i contanti?".

"Non saprei", rispose la signora, che per la prima volta perse la flemma che la contraddistingueva e sembrava visibilmente imbarazzata.

"Adesso glielo dico io perché: Bertone non sapeva nulla dei 500 milioni e non l'ha ricattata per quello. Bertone quei soldi li ha chiesti solo a lei, non a De Rossi... mi dica signora, come fa a sapere del tatuaggio del biscione che aveva sulla spalla?".

"Beh, l'ho visto".

"E come fa ad averlo visto, se nevicava e Bertone aveva addosso un giubbotto?".

"Non ricordo, si sarà tolto la giacca in macchina".

"No signora, mi spiace, ora glielo dico io: Bertone non sapeva nulla dei 500 milioni, ma l'ha ricattata nel momento in cui l'ha riconosciuta. Quel ragazzo col fisico prestante e palestrato, tra mille lavoretti ed espedienti di cui campava, aveva fatto anche il gigolò e probabilmente andava con signore di mezza età trascurate dai mariti. Ci sono nomi e numeri di telefono in questa agendina, e c'è anche il suo!".

La signora Santacroce Marelli ammutolì, Alessandra continuò: "Lei quel tatuaggio glielo aveva visto quando era andata a letto con lui! Bertone ha fatto finta di niente fino a che c'è stato De Rossi, dopo di che, quando siete rimasti soli, è partito all'attacco e l'ha ricattata... magari aveva anche qualche foto compromettente, e poteva costituire un problema, sia per una donna che aveva ambizioni politiche sia per una moglie che stava per chiedere il divorzio! Già, perché grazie alla documentata infedeltà di suo marito, in caso di divorzio lei non dovrà corrispondere neanche un euro del suo ricchissimo patrimonio. Ma cosa accadrebbe se si scoprisse che le sue frequentazioni intime erano antecedenti al tradimento di suo marito? Così lei ha finto di accettare le sue condizioni, magari ha cercato anche di ammorbidirlo un po' fingendo un approccio intimo, visto che eravate in un luogo appartato, lontani da occhi indiscreti. A quel punto ha finto di prendere la valigetta dal bagagliaio, e invece ha preso il cric e lo ha colpito alla testa. Poi ha gettato il corpo nel lago, sapendo che, qualora fosse stato ritrovato, sarebbe stato impossibile ricostruire la verità e risalire a lei, visto che non c'era stato nessun contatto telefonico recente tra voi".

"Maledetto il giorno in cui Gianfranco mi ha chiesto di accompagnarlo a Lugano! Doveva sbrigarsela lui, e invece mi ha messo in mezzo a questo casino!".

Era il 13 marzo, Alessandra fece la sua ultima visita agli uffici della Johnston & sons per prelevare ancora qualcosa dalla scrivania del finto De Vita. Incrociò la signora Giulia Rossetti, con la quale scambiò due chiacchiere: "Come sta signora?", chiese Alessandra.

"Incredula e confusa. Gli avvenimenti di questi giorni mi hanno completamente ribaltata, mi sembra impossibile che Carlo fosse un'altra persona, ancora non riesco a crederci, sono sconvolta! Meno male che mi è molto vicino Max", disse ritrovando il sorriso e rivolgendo uno sguardo luminoso verso l'avvocato Cardone junior.

Alessandra si avvicinò a lui, e gli chiese come stesse suo padre.

"Commissario, purtroppo mio padre non c'è più, è deceduto la scorsa settimana".

"Mi spiace, le faccio le mie condoglianze".

"Senta commissario", riprese Cardone dopo un attimo di esitazione: "ecco... devo dirle una cosa. Mio padre mi ha lasciato questa lettera, mi ha detto di consegnarla a lei dopo la sua morte", disse rompendo gli indugi.

"A me?", esclamò con sorpresa Alessandra.

"Sì commissario, tenga".

Alessandra tornò tardi a casa dopo una giornata intensissima; era stanca, ma soddisfatta per aver risolto brillantemente un caso molto intricato. Parcheggiò l'auto e decise di fermarsi ancora 5 minuti in macchina a rileggere la lettera dell'avvocato Cardone:

Gentilissimo signor Commissario,

quando lei leggerà questa lettera io non ci sarò più: sono da tempo molto ammalato, mi resta poco da vivere e cerco di utilizzare queste mie ultime forze, finché la ragione ancora mi assiste, per scriverle ciò che non ho avuto il coraggio di raccontarle di persona.

Non voglio che i segreti che ho custodito per anni vengano sepolti con me, e quindi ho deciso di rivelare alcuni episodi di cui sono stato testimone.

Era un giorno di primavera del 1994, quando il dottor Ferdinando De Vita arrivò in ufficio visibilmente turbato; gli chiesi se avesse qualche problema e lui si confidò mostrandomi una lettera appena ricevuta: la lettera proveniva da New York ed era di una donna, una tale Concetta Santoro, la quale, ironia della sorte, era anch'ella gravemente ammalata ed era alla fine dei suoi giorni, e gli scriveva per comunicargli che aveva un figlio di nome Frank, nato a New York, ma concepito a Napoli, e che il padre era proprio lui, Ferdinando De Vita, che l'aveva sedotta appena sedicenne. Si era decisa solo ora, dopo 24 anni, a comunicargli questa notizia, proprio perché era alla fine dei suoi giorni, il figlio stava prendendo una brutta strada, e gli chiedeva quello che mai gli aveva chiesto in tutti questi anni, pur avendone diritto, ossia di occuparsi del sostentamento e degli studi del ragazzo.

A quel punto il dottor Ferdinando scrisse una lettera al figlio Carlo, che viveva a Los Angeles; anche se i due avevano rotto i rapporti da tempo, il padre gli chiese di andare a trovare il fratello e dargli una mano, che poi ci avrebbe pensato lui a provvedere, ma Carlo non rispose mai più a nessuna delle sue lettere.

Così a ottobre il dottor De Vita decise di recarsi di persona a New York per cercare il figlio Frank, ma apprese con tristezza che il corpo di quel ragazzo era stato ripescato dalla baia proprio il mese prima. *Le cause della morte sembravano dovute a una tragica fatalità, ossia presumibilmente un malore aveva colto il ragazzo mentre stava facendo il bagno nel fiume.*

Inutile dirle che per il dottor De Vita fu un brutto colpo, anche perché aveva riposto su questo figlio illegittimo tutte le sue speranze di avere una discendenza, visto che ciò non era possibile con Carlo, perché era gay. Il dottor Ferdinando non ne parlava mai visto che, per un Casanova come lui, avere un figlio omosessuale era una cosa di cui vergognarsi: questo fu il motivo per cui ruppe ogni rapporto con Carlo, e difatti gli scrisse solo perché voleva che cercasse il fratellastro, ma una volta saputo che Frank era morto, non cercò più neanche lui.

Nel 2002 il dottor Ferdinando morì, e le autorità rintracciarono il suo unico erede, cioè Carlo, che tornò in Italia. Lo misero a capo del consiglio d'amministrazione e io mi accorsi subito che il ragazzo era totalmente inesperto e incompetente, ma agli altri membri del C.D.A. serviva uno così per poter fare i loro affari indisturbatamente. Solo la signora Filiberti non gradì la scelta, anche perché era una giovane manager ambiziosa, con grandi prospettive di carriera, che non si realizzarono come avrebbe voluto proprio a causa della morte prematura del dottor Ferdinando... già, perché lei era stata la sua ultima amante!

Il ritorno inaspettato di Carlo le rovinò i piani, e in tutti questi anni non ha mai perso occasione per far notare la sua incompetenza e metterlo in cattiva luce, ma non è mai servito a molto, finché non accadde un fatto nuovo, lo scorso novembre: era sera, tutti erano andati via, ma io mi ero attardato nel mio ufficio per terminare un lavoro, e sentii due persone litigare in maniera molto accesa; mi avvicinai per capire cosa stesse accadendo e ascoltai la voce della signora Filiberti che minacciava il dottor Carlo, dicendo le seguenti parole: "Stammi a sentire Frank: o ti dimetti e fai in modo che diventi io il nuovo presidente del C.D.A., oppure vi spedisco in carcere io, e tutti sapranno chi sei!".

Mentre il dottor De Vita rispondeva: "Sai che non posso farlo! Anche De Rossi mi sta ricattando! Troviamo un accordo".

Ma la Filiberti urlava: "E cosa vorresti fare? Offrirmi una parte del tuo conto svizzero, mio caro Fran-k San-toro?".

Improvvisamente si accorsero che ero davanti alla porta, e che avevo ascoltato tutto, così si avvicinarono entrambi, e mi dissero: "Cardone dimentichi questa conversazione, se no dimenticheremo di assumere suo figlio".

E così avevo capito tutto, che Carlo era Frank, e della truffa, ma dimenticai, e non ne feci parola con nessuno.

Mio figlio lavorava nello studio legale di una multinazionale, che però aveva chiuso la sede italiana, licenziando tutti gli impiegati, ed era da otto mesi senza lavoro. Date le mie condizioni di salute, il presidente aveva dato disposizioni di assumerlo al mio posto, e così il mio silenzio era garantito, qualunque cosa fosse accaduta. La mia colpa fu quella di un padre, che preso dal panico di lasciare un figlio non in grado di provvedere a se stesso, non ha pensato a nient'altro che al suo bene e al suo futuro. Ma non pensi che non abbia rimorsi, e che la mia coscienza sia tranquilla! È per questo che scrivo questa lettera, per liberarmi dal peso che mi opprime, e dai mille dubbi che mi assalgono su cosa è giusto fare e cosa no perché la verità e la giustizia trionfino, ma senza arrecare alcun danno a mio figlio.

Così ho deciso che sarà lui a scegliere: alla mia morte leggerà questa lettera e deciderà se consegnarla a lei, signor Commissario, oppure distruggerla, e con essa i segreti che contiene.

La saluto cordialmente.

Avv. Mario Cardone

Erano passate le 20:00, Alessandra piegò la lettera e uscì dalla macchina, quando all'improvviso le campane della chiesa iniziarono a suonare, poi altre campane e ancora altre. Tutte le campane di tutte le chiese suonavano con gioia, come se stessero sottolineando e approvando quella sua testimonianza postuma, come se l'anima di Cardone avesse trovato finalmente pace nel suo riposo eterno. Ma non era quello il motivo per cui le campane suonavano: a Roma era appena stato eletto il nuovo Papa.

INDICE